LE GOVVERNEMENT DE SANCHE PANSA.

COMEDIE.

(Par Guérin de Bouscal.)

A PARIS,

Chez { ANTOINE DE SOMMAVILLE, en la petite salle, à l'Escu de France. ET AVGVSTIN COVRBÉ, en la mesme salle, à la Palme. } au Palais.

M. DC. XLII.

Auec Priuilege du Roy.

ACTEVRS.

LE DVC.

LA DVCHESSE.

DON QVIXOTE.

SANCHE PANSE.

ALTISIDORE.

QVITERIE.

CARISALE, Docteur.

CAMPVSSANE.

BASILE.

LE MAISTRE D'HOSTEL DV DVC.

L'EGYPTIENNE.

MENDOSSE.

PERALTE.

LE GOVVERNEMENT DE SANCHE PANSA.

COMEDIE.

ACTE I.

LE DVC, LA DVCHESSE, ALTISIDORE, QVITERIE, CARISALE, CAMPVSSANE, BASILLE.

SCENE I.

LE DVC, LA DVCHESSE.

Quoy! toûjours condamner l'vsage des plaisirs?
De grace resous-toy d'aprouuer mes desirs!
Tempere en ma faueur cette vertu sauuage,
Sois moy plus complaisante, & ne sois pas si sage,

Et puis que Don Quichot est reuenu chez nous:

LA DVCHESSE.

Mais, Seigneur, quel plaisir dans l'entretien des fous?

LE DVC.

Monstre-moy ton amour dedans ta complaisance,
Tu sçais que i'ay promis vne Isle à Sanche Panse,
Pour pousser iusqu'au bout ce diuertissement:
I'ay fait choix de ce lieu pour son gouuernement:
Il est auec son Maistre aux portes du vilage,
Attendant son grison qui porte son bagage:
Reçoy-le & le prie auecque tant d'honneur,
Qu'il pense tout à bon qu'on le fait gouuerneur.
Parlant à Carisale. *Vous allez preparer les clefs & la harangue;*
Sanche est vn argument digne de vostre langue.

CARISALE.

Nous ferons nos efforts pour le bien receuoir.

LE DVC, parlant à la Duchesse.

L'objet en sera beau, ne veux-tu pas le voir?

LA DVCHESSE.

Ie veux ce qui vous plaist, & mon amour s'offence,
Lors que vous m'acusez de peu de complaisance:
Ie confesse pourtant qu'en cette occasion
La pitié l'emportoit sur mon affection,
Et que ie desirois que Don Quichot & Sanche
Fussent par leurs amis ramenez à la Manche,
Ou qu'on les destrompast tandis qu'ils sont chez nous
Du ridicule espoir qui les a rendus fous.

LE DVC.

Que voſtre charité leur ſeroit domageable
Qui leur viendroit rauir vne vie agreable,
Et qui les reduiroit à la neceßité
De ſentir le meſpris qui ſuit la pauureté.
Auiourd'huy Dom Quichot dãs ſon extrauagance
Gouſte tous les plaiſirs d'vn homme d'importance,
Aſpire à la Couronne, & penſe l'aquerir,
Et ſans le rendre pauure on ne peut le guerir.
Sanche Panſe abuſé par de belles promeſſes,
De ce gouuernement eſpere des richeſſes,
Qui pourront l'eſleuer au rang des plus puiſſans,
Et qu'il perd en effet s'il recouure le ſens.

LA DVCHESSE.

Mais enfin tout ce bien n'eſt qu'vn plaiſant mẽſonge
Qui n'a non plus de corps que les ombres d'vn ſonge,
Et la honte & les maux qu'ils ſouffrent en tous lieux
Sont de triſtes objets qui paroiſſent aux yeux.

LE DVC.

Qu'importe que le bien ſoit faux ou veritable,
S'il produit dans l'eſprit vn effet agreable?
Si ces fous ſont contens, leur bon-heur eſt parfait,
Et dés qu'ils penſent l'eſtre ils le ſont en effet.

LA DVCHESSE.

Ouy bien ſi leur folie eſtoit touſiours eſgale:
Mais il n'eſt point de fou qui n'ayt quelque interuale,

Où l'esprit debroüillé de tous ces embarras
Leur fait voir ce qu'ils sont & ce qu'ils ne sont pas.
Lors ils sentent les maux où leur erreur les plonge,
Lors toutes leurs grandeurs leur paroissent vn songe,
Et dans le souuenir de leur premiere erreur
Ils ne descouurent rien qui ne leur fasse horreur.

LE DVC.

Si dans cet interuale ils sont si miserables,
S'ils souffrẽt tant de mal dés qu'ils sont raisonnables,
Imaginerez-vous que l'on peut les guerir
Sans se mettre en danger de les faire mourir?
Non, non, il vaut bien mieux fomẽter leurs caprices,
Ainsi nous acroistrons leurs biens & nos delices,
Ainsi nous apprendrons à reuerer la main
Qui nous a partagez d'vn iugement bien sain.

LA DVCHESSE.

Mais peut-on sãs horreur & sans quelque murmure
Voir ce dereiglement au cours de la Nature?
Peut-on voir sans éclat, sans force, & sans beauté
L'ame, ce clair rayon de la Diuinité?
Pour moy considerant cette essence admirable
Renfermée en vn corps qui n'est point raisonnable,
Vne sainte frayeur glace tous mes esprits,
Ie deuiens à moy-mesme vn objet de mespris:
Et loin d'aymer les fous dans leur extrauagance,
Ie ne puis me resoudre à souffrir leur presence.

LE DVC.

Il est vray que l'objet d'vn homme furieux
Qui porte la menace & la mort dans les yeux,
Que le desir de nuire arme contre soy-mesme
Se deuroit esuiter auec vn soin extreme.
Mais nos fous ne sont pas dans ce predicament,
On ne void point en eux ce grand dereglement:
L'vn recherche l'honneur, l'autre la bonne chere,
Ce ne sont point de vœux que la fureur suggere.

LA DVCHESSE.

Aquerir de l'honneur au prix du iugement
Peuuent-ils l'esperer?

LE DVC.

Voyez l'euenement
Pour tirer du plaisir de leur melancolie:
Chacun à qui mieux mieux honnore leur folie,
On leur rend des deuoirs que l'on conteste aux Roys,
Et leurs moindres desirs sont erigez en loix.

LA DVCHESSE.

Mais ce n'est que par jeu:

LE DVC.

Ce n'est pas leur creance.

LA DVCHESSE

Dementent-ils leurs yeux?

LE DVC.

Ils croyent l'aparence.

LA DVCHESSE.

Elle parle contr'eux.

LE DVC.

C'est vostre sentiment:

Mais ce n'est pas le leur.

LA DVCHESSE.

Dieu quel aueuglement!

LE DVC.

Mais enfin cet hõneur dont nostre ame est charmée
Qu'est-il aux mieux sẽsez qu'vn jeu, qu'vne fumée?
En peuuent-ils tirer quelque chose de doux
Qui n'ait desia passé dans l'esprit de nos fous?
L'amour de nos vassaux, leurs respects & leurs craintes
N'en sont le plus souuent que l'effet de leurs feintes:
Tout le monde est masqué, rien ne paroist à nu,
En fin soubs le Soleil le vray n'est point connu.
Les plaisirs & les biens n'y sont qu'imaginaires,
L'esprit s'en peut forger ainsi que des chimeres,
Et quelque extrauagant que soit ce qu'il produit
S'il peut nous satisfaire il fait assez de fruit.
Sçache que tout le mõde est plain de D. Quichotes,
Qu'il est beaucoup de foux qui n'õt point de marotes:
Qu'il est peu de plaisirs reiglez par la raison,
Et que ceux de nos fous sont sans comparaison.
Ainsi n'escoute point ces sentimens austeres
Qui promettent des biens & causent des miseres;

Souffre que Sanche Panse ait son Isle aujourd'huy:
Mais i'entens des tembours qui viennent deuāt luy,
Pour l'aller receuoir il faut que ie te laisse.

Le Duc s'en va,

SCENE II.

QVITERIE.

L'Attendez-vous icy?

LA DVCHESSE.

Dieu que i'ay de foiblesse!
Ie ne sçay que resoudre en l'estāt où ie suis.

ALTISIDORE.

Contentez Monseigneur, il le veut:

LA DVCHESSE.

Ie ne puis.
Mais peut estre tantost ie seray plus hardie.

QVITERIE.

Les voicy, quel subjet pour vne Comedie?

SCENE III.

LE DVC, SANCHE, D. QVICHOT, la suite du Duc.

OVy, grand Sanche, ie veux que sans enchantemēt
Vous ayez aujourd'huy vostre gouuernement:

Et nous voicy dans l'Isle où ie veux qu'on vous ayme,
Et qu'on vous considere à l'esgal de moy-mesme.
I'entens que tous vos iours y soient des mardygras,
Qu'on vous serue par iour cinq ou six mille plats,
Que de la table au lit & du lit à la table
Vous fassiez vostre cours frequent mais agreable.
Que jamais le Soleil ne dore l'Orient,
Que vous n'ayez gousté de quelque mets friand,
Et que dés son leuer jusqu'à ce qu'il se couche
Vous ayez l'œil au plat & le verre à la bouche,
Sans que pas vn Geant enchanteur ou lutin
Ose vous trauerser dans cét heureux destin.

SANCHE.

Que D. Sanche aujourd'huy vous procure de gloire,
Femme, fille, parens?

D. QVICHOT.

Aprenez à me croire,
Puis que voicy vostre Isle.

SANCHE.

Helas qui l'eust pensé!

D. QVICHOT.

Regardez le present.

SANCHE.

Rapellez le passé,
Depuis que pour chasser les monstres de l'Espagne
Pour la troisiesme fois vous courez la campagne,
Qu'auons-

Qu'auons-nous rencontré que malheur ſur malheur,
Coups ſur coups de baſton & douleur ſur douleur?
Icy le Biſcayn vous ebreche l'oreille,
Icy mon auanture à la voſtre eſt pareille,
Là cinq ou ſix Marchans vous donnent mille coups,
Là ces meſchans pendarts me traitent comme vous:
Icy dans vn Chaſteau fait comme vne tauerne,
On vous caſſe les dents cependant qu'on me berne,
Là le chef des brigands qui nous mirent à ſac
Vole ſubtillement mon Aſne & mon biſſac.

D. QVICHOT.

Ces trauaux ſont ſuiuis d'vne belle conqueſte.

SANCHE.

Ouy d'vn meſchant baßin qui vous couure la teſte.

D. QVICHOT.

C'eſt l'armée de Mambrin.

SANCHE.

Bien ſoit, mais croyez-moy
Ne perdez point de temps, allez vous faire Roy,
Laiſſez à l'auenir toutes ces brouilleries
De monſtres, de Geans & de cheualeries.
Il fait bon eſtre grand & manger à loiſir
Quand dans ſix mile plats on a dequoy choiſir.
Donnez-donc voſtre amour à la premiere Reyne
Qui viendra vous prier de la tirer de peine:
Ie vous donne vn conſeil que ie prendrois pour moy.

D. QVICHOT.

Tu fais ce qui te plaist, ie fay ce que ie doy:
Ne m'en parle jamais, mon ame est obstinée
A suiure iusqu'au bout ma chere Dulanée,
Et quand on m'offriroit le Septre de cent Roys
S'il falloit la quitter ie les refuserois.

SCENE IIII.

LE DVC, CARISALE habillé en Docteur.

Sanche voicy venir les principaux de l'Isle
Qui vous portent les clefs des portes de leur Ville.

CARISALE en Docteur.

Monseigneur quel est donc ce braue Gouuerneur,
Que nous deuons charger de ces clefs & d'honneur?

LE DVC.

Le voicy.

C. DOCTEVR.

Grand Monarque, acceptez nos offrandes,
Et receuez ces clefs qui sont vn peu bien grandes:
Mais que vous porterez sans beaucoup vous pener
Sur ce noble Asne gris que vous faites mener.

SANCHE.

Il est vray que ces clefs sont de fort belle taille.

C. DOCTEVR.

Elles en vallent mieux.

SANCHE.

Poursuiuez tout coup vaille.

C. DOCTEVR.

O la gloire & l'apui de tous les gens de cœur
Insigne Gouuerneur, puissant liberateur
D'infantes, d'orphelins.

D. QVICHOT.

Vous vous trompez bon homme,
Ou vous parlez à moy, c'est ainsi qu'on me nomme:
Sanche n'a iamais eu ces magnifiques noms.

LE DOCTEVR.

Seigneur on peut mentir en ces occasions.

D. QVICHOT.

Il est vray, poursuiuez.

C. DOCTEVR.

Incomparable Sanche,
Le plus grãd Gouuerneur qu'ait iamais eu la Mãche,
Le vaillant des vaillants.

D. QVICHOT.

Rayez encor ce mot,
Ou bien dites ensuite excepté Don Quichot.

C. DOCTEVR.

Tout ce qu'il vous plaira.

LE DVC.

Le plaisant personnage!

C. DOCTEVR.

O Noble:

SANCHE.

C'est encor donner dans le bagage,
Ie ne suis qu'vn vilain.

LE DOCTEVR.

Ie le croy bien ainsi.

LE DVC.

Docteur vostre debat a fort bien reüssi,
Venons au reste.

CARISALE en Docteur.

En fin tout le peuple m'enuoye
Pour vous entretenir de l'excés de sa joye,
Et pour vous protester qu'il repute à bon-heur
De viure soubs les loix d'vn si grand Gouuerneur.
Diray-ie les hauts faits que sur Mer & sur terre
Vous auez exploitez soit en paix, soit en guerre,
Conteray-ie les morts que vostre coutelas
Immole tous les jours au Demon des combats:
Il le faut, n'en deplaise à vostre modestie
Ie ne puis me passer d'en dire vne partie.
Terre pour honnorer ce Fœnix des guerriers
Comme moy de discours tu manques de lauriers;
Ne laissons pas pourtant d'exalter sa victoire,
Chargeons-le d'autre bois & disons son histoire.

Ce vaillant Gouuerneur ne prend point son éclat
D'vne suite d'amis renommez dans l'Estat:
Cette vaine grandeur est pour luy trop petite,
Il s'esleue plus haut par son propre merite,
Et nouueau Tamerlan il s'aquiert tant d'honneur
Que de simple Berger on le fait Gouuerneur,
Il ne va point d'vn saut à cette gloire extreme,
Il monte par degrez à ce degré supreme:
La fortune l'exerce en diuerses façons,
Dans ses premiers emplois il fut ayde à maçons;
Ses delicates mains, ces foudres de la guerre
Porterent iusqu'au Ciel & le plastre & la terre.
C'est là qu'il fut instruit à la sobrieté,
Qu'il fit estroit commerce auec la pauureté,
Qu'il aprit d'escheler les plus hautes murailles,
Et d'aller sur des toicts chercher des funerailles.
C'est delà qu'on le prit pour le faire Escuyer,
Ou plutost compagnon d'vn braue Cheualier;

D. QVICHOT.

C'est moy.

C. DOCTEVR.

Ie le sçay bien.

D. QVICHOT.

Pourquoy doncques le faire?

C. DOCTEVR.

L'orateur doit cacher ce que sçait le vulgaire.

O vaillant Escuyer, quels furent vos exploits,
Quād cinq ou six marchants vous chargerēt de bois?
Quand le More enchanté dans vne chambre noire
Auec des coups de poing vous cassa la machoire.
Mais ce n'est rien encor au prix de la valeur
Qu'on reconnut en vous dans ce pressant malheur,
Qui vous precipita dedans vne tauerne
A tous les mouuemēts que souffre vn chat qu'ō berne:
Iamais vostre vertu n'auroit volé si haut.

SANCHE.

Concluez grand Docteur.

LE DOCTEVR.

Ie ne puis.

SANCHE.

Il le faut.

LE DOCTEVR.

Ne me commandez point de passer soubs silence
Et vostre extreme soin & vostre vigilence,
Quand dans vn escadron de soldats ramassez.

SANCHE.

N'allons pas plus auant, ie l'entens, c'est assez;
Il parle asseurément de l'histoire de l'Asne,
Où l'on conte pour moy plus de cent coups de Cane.

C. DOCTEVR.

C'est cela, mais Seigneur, souffrez que mon discours
Exalte en vos vertus la gloire de nos iours,

Permettez que i'obserue auecque diligence,
Et vostre extreme soin & vostre vigilence,
Sur tout quand le grison cét Asne mon pareil
De qui sont descendus les mulets du Soleil,
Vous fut volé soubs vous à la montagne noire
D'vne façon estrange & dificile à croire.

SANCHE.

Ie dormois bien serré.

C. DOCTEVR.

Plustost en ce moment
Vostre esprit grand & fort pensoit profondement,
Et se considerant auec vn soin extreme
Pour estre trop dans soy n'estoit pas à soy-mesme:
Vous estes en extase, & non pas endormi.

SANCHE.

I'estois ce que i'estois, poursuiuez mon amy.

C. DOCTEVR.

Ie manqueray de temps plustost que de matiere,
Si ie veux m'arrester sur vostre histoire entiere.
Que vous fustes hardi, que l'on vous vid gaillard
Quand vous fustes monté sur le grand Cheuillard!

SANCHE.

Pas trop.

LE DOCTEVR.

I'ay cent tesmoings qui pourroient vous confondre,
Si deuant vostre trosne ils ozoient vous respondre.

Tel fut ſur Bucefal Alexandre le Grand,
Tel paroiſt Dom Quichot monté ſur Rouſinant,
Et tel voit-on encor ſortant de ſa cabane
Vn illuſtre Muſnier ſur la croupe d'vn Aſne.

SANCHE.

Grand Docteur retranchez cette comparaiſon.

C. DOCTEVR.

Monſeigneur ie l'ay faite en faueur du griſon.

SANCHE.

Paſſez.

C. DOCTEVR.

Que l'Eſcuyer vous paroit plain de charmes,
Quand pour voſtre duel il vous offre des armes,
Que ſon nez troubla peu voſtre tranquilité!

SANCHE.

Que tout voſtre diſcours a peu de verité!

C. LE DOCTEVR.

Dieu, que la modeſtie eſt contraire à ma gloire,
Si ie vous ſuis ſuſpect liſez dans voſtre hiſtoire;
C'eſt là que vous verrez vos rares qualitez
Vous procurer vn rang tel que vous meritez.
Mais il n'eſt pas beſoin de porter vos penſées
Par vn penible ſoing ſur les choſes paſſées:
Regardez ſeulement voſtre bonheur preſent,
Voyez la dignité dont on vous fait preſent:

Eſt-ce

Est-ce à des gens communs que l'on donne des Isles,
Qu'on baille à gouuerner des peuples & des Villes,
On dit que bien souuent la fortune aide aux foux:
Mais c'est mal à propos quand on parle de vous.

D. QVICHOT.

Sanche dans ce discours il semble qu'on te ioüe:
Sçache qu'õ traite ainsi presque tous ceux qu'on louë,
Ne t'en offence point, mais rends toy si parfait
Qu'on pense te deuoir l'honneur que l'on te fait.

SANCHE.

C'est biẽ là mon dessein, vous en verrez des marques
Qui me mettront au rang des plus sages Monarques,
Et feront confesser que le grand Don Quichot
Quelque habile qu'il soit pres de moy n'est qu'vn sot.

LE DVC.

Viue le gouuerneur vn grand nombre d'années.

C. DOCTEVR.

Qu'il porte iusqu'au Ciel ses hautes destinées.

LE DVC.

Que tousiours l'apetit preside en ses repas.

C. DOCTEVR.

Que tousiours la victoire accompagne ses pas.

LE DVC.

Que jamais le Grison ne le iette par terre.

LE DOCTEVR.

Qu'il soit vaillant en paix & pacifique en guerre,

Et qu'il puisse jouyr de ce gouuernement
Trois ou quatre mille ans sans nul empeschement.

SANCHE.

C'est assez, allons boire.

LE DVC.

Il faut grand Sanche Panse
Vous preparer plustost pour tenir l'audiance,
Suiuant l'ordre ancien de ce gouuernement,
Apres vous dinerez dans vostre apartement.
Conduisez le Docteur.

C. DOCTEVR.

Sonne trompette, sonne,
Il faut combler d'honneur cette grande personne,
Dieu que de grauité! combien d'ordre en ses pas!
Viue le Gouuerneur, viue jusqu'au trespas.

Fin du premier Acte.

ACTE II.

SCENE I.

D. QVIXOT. SANCHE.

SANCHE.

Gardez, retirez-vous.

D. QVIXOT.

Tandis que dans la Ville
Le Duc va s'informer de l'estat de ceste Isle,
Et premier que partir pour retourner chez luy.

SANCHE.

Il veut donc s'en aller.

D. QVIXOT.

Ouy sans faute auiourd'huy.
I'ay creu que mon deuoir m'obligeoit à te faire
Vn discours profitable autant que necessaire,
Sur ton Estat present où tu puisses trouuer
Dequoy preuoir les maux qui peuuent t'arriuer.

SANCHE.

Vous m'obligez beaucoup.

D. QVIXOT.

Dans ces degrez supremes
Qui nous portent si haut au dessus de nous mesmes,
Il est bien mal-aisé de ne pas s'oublier:
Pourtant en cet estat tâche à t'humilier,
Recognois tous les jours que c'est par pure grace
Que le Ciel t'a porté dans cette haute place:
Ne te regarde point dans cét euenement,
Car tu dois ta grandeur au bon-heur seulement.
Voy jusques à quel point ma valeur s'est portée,
Combien par ma vertu la tienne est surmontée,
De combien mon merite est au dessus du tien.
Te voila Gouuerneur, & moy ie ne suis rien:
On te donne le Dais, & je n'ay que le chaume.

SANCHE.

Il n'a tenu qu'à vous d'auoir vn grand Royaume:
Si i'en eusse esté creu, vous l'auriez à present,
Ne vous plaignez donc pas si vous n'estes pas grand.

D. QVIXOT.

Ce n'est pas mon dessein, mais de te faire entendre
Qu'ayant plus de bon-heur que tu n'en deus pretẽdre
Tu dois te comporter auec humilité,
Et craindre le retour de la necessité.
Le puissant mouuement de ceste mesme roüe
Qui t'a porté si haut t'ayant pris dans la boüe,
Contre qui les plus forts n'ont resisté qu'en vain,

T'y pourroient reietter du soir au lendemain.
Souuiens-toy qu'autrefois dedans nostre village
Tu gardois les pourceaux de tout le voisinage.

SANCHE.

Ouy, mais c'estoit au temps que nous estions petits,
Car lors que ie fus grand ie gardois les brebis.

D. QVIXOT.

Ainsi pour triompher dans le cours de ta vie
De deux monstres cruels, la Discorde & l'Enuie,
Sois humble & moderé dedans tous tes projets,
Et traite doucement auecque tes subjets.
Estime tes parens quoy que dans la misere
Autant que s'ils auoient la fortune prospere,
Et si ta femme meurt, & que ta qualité
T'en fasse choisir vne auecque liberté,
Fui comme vn precipice vne femme arogante
Que ton humilité rendroit plus insolente,
Qui croiroit tout pouuoir à cause que son bien
Luy paretroit plus noble & plus grand que le tien.

SANCHE.

Ouy si les nerfs de bœuf n'estoient pas en vsage.

D. QVIXOT.

Si tu veux m'obliger ne tiens point ce langage,
Iamais les gens d'honneur ne prennent ce parti.

SANCHE.

Ie m'y suis quelquefois pourtant bien diuerti.

D. QVIXOT.

Tu n'estois en ce temps que le bon Sanche Panse
Plain de brutalité, de honte & d'indigence:
Et dans cét heureux iour te voila Gouuerneur,
Plain de ciuilité, d'abondance & d'honneur.

SANCHE.

Il est vray.

D. QVIXOT.

Fuy sur tout ce detestable vice
Que parmy le vulgaire on appelle Auarice,
Mais qui peut se nommer la peste des Estats:
Il souille le renom des plus grands Potentats,
Profane indignement les choses les plus Saintes,
Et donne à qui le sert des desirs & des craintes,
Qui l'agitent sans cesse, & l'empeschent de voir
Qu'il n'a que trop de biens sans ceux qu'il veut auoir.
Cependant la mort vient.

SANCHE.

Et c'est bien là le Diable.

D. QVIXOT.

Lors celuy qui croyoit estre si miserable,
Se reueille en sursaut, & se voyant pressé,
D'abandonner le bien qu'il auoit amassé,
Il se treuue si grand qu'il ne peut s'y resoudre:
Mais quelque effort qu'il fasse il tõbe dãs la poudre,

Et ne cognoist son bien dans ce dernier instant
Qu'afin que son regret s'augmente en le quitant.

SANCHE.

C'est prescher que cela.

D. QVIXOT.

Protege la Iustice,
Et sur tout garde toy de vendre aucun office :
Donne tout au merite : Ayme les gens de cœur :
Que chez toy la vertu soit tousiours en faueur ;
Estime les sçauans, fais-leur part de ta gloire,
Par eux les beaux exploicts viuront dãs la memoire,
Pour eux sont les grãdeurs de la Terre & des Cieux,
Et ce sont les Agens entre nous & les Dieux.
Soumets tous tes desseins à leurs doctes censures,
Escoute leurs discours, & ly leurs escritures.

SANCHE.

Mais ie ne sçay pas lire, & vous le sçauez bien.

D. QVIXOT.

C'est bien vn grand defaut, mais pourtãt ce n'est rien:
Tu peus te faire lire à quelqu'vn de ta suite,
Et de quelque grand homme imiter la conduite.
Ie recherche auec soin toute l'Antiquité,
Pour en trouuer quelqu'vn digne d'estre imité:
Ie commance à Ninus, de là ie viens descendre
Par le reigne de Cyre à celuy d'Alexandre.

Apres sans m'arrester ie porte mes regards
Dans ce fameux Empire où reignoient les Cesars.
Là pour choisir d'entr'eux vn parfait Capitaine
Ie vole en tous les lieux où fut l'Aigle Romaine,
Ie voy leur contenance au conseil, à l'assaut;
Mais ie n'en trouue point qui n'ait quelque deffaut.
Ie poursuis toutesfois iusqu'à ces grandes ames
Que l'amour & la gloire armerent pour les Dames,
L'apuy des orphelins & le fleau des Tirans,
Mes fameux deuanciers les Cheualiers errans.
Icy ie le confesse, on trouue quelque marque
Des qualitez qu'il faut à vn parfait Monarque.
Mais sans en excepter Amadis ny Renaud,
Leur illustre vertu ne fut point sans deffaut.
Ainsi las de courir pour chercher ce grand homme
En Assyrie, en Perse, aux Indes, & dans Rome,
Mesme en tous les endroits où des soings differans
Ont porté la valeur des Cheualiers errans,
Ie me suis apperceu que mon erreur extreme
M'a fait chercher ailleurs ce que i'ay dãs moy-mesme.
Ouy Sanche ce grand Chef que tu dois imiter,
Dont la haute vertu ne se peut limiter,
Celuy qui sçait vnir la Iustice à la guerre,
Les delices du Ciel, & l'honneur de la Terre,
Ce parfait des parfaits parle souuent à toy.
Tu le vois chaque jour.

SANCHE.

SANCHE.

Nommes-le donc.

D. QVIXOT.

C'est moy.

SANCHE.

Ie m'en suis bien douté.

D. QVIXOT.

Ioins à ce beau modele
Le salutaire aduis d'vn conseiller fidelle,
Qui puisse raisonner sur les euenemens
Que tu ne verras point dans mes enseignemens.
Fay toy lire Amadis, aprens l'art-Militaire,
Voy la Terre & le Ciel dans la Carte & la Sphere;
Que dans tous tes desseins la vertu soit ta fin:
Apres pour le succez laisse faire au destin.

SANCHE.

Ce sont de pots pourris que ie ne puis comprendre.

D. QVIXOT.

Ta charge & tes emplois te le feront entendre.

SANCHE.

Ce ne sera pas peu.

D. QVIXOT.

Par ces enseignements
Ie n'entends pas blasmer les diuertissemens.
Il est bon quelquefois de prendre du relasche,
Mesme au plus fort des soins où la grandeur attache,

Mais non pas à tel point que l'esprit abatu,
Puisse perdre l'ardeur qu'il a pour la vertu.
Le sage donc qui veut le tenir en halaine
Passe d'vn grand trauail à quelque moindre peine,
Et dans le changement des occupations
L'acoustume à treuuer ses satisfactions.
S'il se degouste enfin de ceste vie austere,
Si la simple vertu luy paroist trop seuere,
Il sçait la deguiser auec les ornemens
Qu'on donne d'ordinaire aux diuertissemens.
Ce fut à ce dessein quoy que le monde die
Que Menandre inuenta l'art de la Comedie.
Là soubs l'apas trompeur d'vn plaisir innocent
La Morale introduit tout ce qu'elle a de grand:
Là bien souuent de fous en instruisent de sages,
Parce qu'auec plaisir on voit ces personnages.

SANCHE.

Ie ne vous entens point: mais pourtant ie vous voy.
Monsieur tous ces discours sont trop subtils pour moy,
Ie n'en sçaurois iamais conseruer la memoire.

D. QVIXOT.

Sois sobre en ton manger aussi bien qu'en ton boire,
Dine peu, soupe moins.

SANCHE.

Monsieur, quant à ce point
Ie suis tout resolu de ne vous croire point:

Disner peu, souper moins, i'ayme autãt perdre l'Isle;
Donnez-moy donc Seigneur vn conseil plus vtille:
Et vous resouuenez que ie n'ay pourchassé
Ce beau gouuernement où ie suis enchassé;
Quelque dessein qu'on ait dessus mon heritage,
Que pour disner beaucoup & souper dauantage.

D. QVIXOT.

Tu n'auras pas tousiours des sentimens si bas.

SANCHE.

Ie ne sçay, mais pourtant i'ayme les bons repas.

D. QVICHOT.

Traite les Estrangers auec magnificence:
Mais singulierement les hommes d'importance
Qui sont nais cõme moy pour les plus grãds exploits,
Et pour estre l'azile & le soustien des Roys,
Les nobles protecteurs de la milice errante.

SANCHE.

Prenez vous en à moy si ie ne les contente :
Mais en traittant ainsi les maistres Cheualiers,
I'entens de bien traitter aussi les Escuyers.

D. QVIXOT.

Fay-le: car autrement ils auroient droit de croire
Que ton gouuernement t'enfle de vaine gloire.

SANCHE.

L'homme change les mœurs, c'est sans difficulté:
Mais ie n'oubliray pas pourtant ma qualité.

D. QVIXOT.

Banny de tes discours ces prouerbes antiques
Dont tu te sers si mal dans toutes tes repliques.

SANCHE.

Quant à ce dernier point pour ne vous point mẽtir,
Monseigneur D. Quichot ie n'y puis consentir:
De toute ma maison ie n'ay d'autre heritage,
Les prouerbes en fin ont esté mon partage,
I'ẽ sçay plus qu'vn grãd liure, & quãd ie veux parler,
Ils veulent tous sortir iusqu'à se quereler.
C'est pourquoy quelquefois i'en mets en euidence
Qui n'ont aucun raport auec ce que ie pence.
Pourtant à l'aduenir i'en peseray les mots,
Et n'en citeray point qui ne soit à propos;
Qui ne sçait son mestier qu'il ferme sa boutique,
La science par tout vaut moins que la pratique.
Iamais sans l'apetit on ne fit bon repas,
On verroit sans la peur de courageux soldats,
Et i'ay tousiours tenu pour maxime assurée
Que bon renom vaut mieux que ceinture dorée.

D. QVIXOT.

Et bien ne voila pas vn discours bien suiuy?
Tu fais bien ton profit de ce que ie te dy.

SANCHE.

En quoy manquay-ie donc?

D. QVIXOT.

Dy moy, ie t'en coniure,
Pourquoy vas-tu parler de renom, de ceinture,
De soldats, d'apetit, de mestier, de repas?

SANCHE.

Ie vous iure ma foy que ie n'y pensois pas,
Et que d'oresnauant i'auray soin de me taire,
Pour ne rien alleguer qui vous puisse deplaire:
Aux Seigneurs les honneurs, souuent trop parler nuit,
La parole fait l'homme, on cognoist l'arbre au fruit.
Pourtant auec le temps toutes choses se changent:
Il fait mauuais au bois quand les loups s'entremãgẽt,
Qui se contente est riche, aux Princes tout sied bien:
Tel Maistre, tel valet, qui bien fait ne craint rien.

D. QVIXOT.

Courage.

SANCHE.

Il est certain, quoy que l'on puisse dire,
C'est mal fait de choisir & de prendre le pire:
Rien ne peut obliger au delà du pouuoir;
La plus grande finesse est de n'en point auoir.
Il ne faut qu'vn seul fou pour en amuser mille,
Qu'on n'ait passé les ponts on n'est pas dans la ville.
La nuit donne conseil, la nuit tous chats sont gris,
Iamais chat emmouflé ne prit belle souris.

D. QVIXOT.

Acheuez à vostre aise, & puis fermez la porte.

SANCHE.

La fortune n'est pas tousiours de mesme sorte,
Mais quoy que l'on ait dit que l'on ne nuit aux fous,
Qui se fera brebis sera mangé des loups :
Il est vray que le bien ne s'aquiert pas sans peine,
Qui frape du couteau doit mourir de la gaine:
La fin couronne l'œuure, à beau jeu beau retour,
Le temps descouure tout, & chacun à son tour:
Il n'est pas tousiours Feste, au port on fait naufrage
Qui veut noyer son chien l'accuse de la rage:
Mais ie treuue apres tout ayant bien contesté,
Que l'Asne du commun est tousiours mal basté.
Dites-moy Monseigneur quelque Diable l'emporte,
Ie ne sçaurois le suiure, il a poussé la porte.

SCENE II.

LE DVC. LA DVCHESSE.
CAMPVSANE representant vn Paisan.

LE DVC.

IOüez bien vostre role, & sans rire sur tout.

CAMPVSANE

Laisse-moy ce soucy, i'en viendray bien à bout.

LE DVC.

Ne sortez pas encor, voicy ce braue Sanche
Qu'on appelle à bon droit la gloire de la Manche:
Et qui nous fait l'honneur de prendre le soucy
De l'Isle & des subiets que nous auons icy.

LA DVCHESSE.

Nous luy deuons beaucoup pour ceste grace insigne.

SANCHE.

Madame c'est vn bien dont ie ne suis pas digne:
Et quoy que D. Quixot m'eust bien souuent iuré
Que le gouuernement m'estoit tout asseuré,
Cognoissant ma bassesse & son extrauagance,
Ie n'en pouuois auoir qu'vne foible esperance.

LA DVCHESSE

Croyez-uous qu'il soit fou.

SANCHE.

Chacun le dit ainsi,

LA DVCHESSE.

Mais que dit-on de vous?

SANCHE.

L'on m'en accuse aussi:
Mais ie veux ordonner pour estouffer l'enuie
Qu'il ne s'en parle plus à peine de la vie.

LE DVC.

C'est l'entendre en effet.

SANCHE.

Apres ce iugement,
I'en pendray quelques-vns si l'on fait autrement:
Mais que veut ce paisan?

LE DVC.

Il demande Audience.

SCENE III.

CAMPVSANE en Paysan.

MEssseigneurs qui de vous est le grãd Sanche Pãce
Gouuerneur de ceste Isle?

SANCHE.

On me dit que c'est moy.

C. PAYSAN.

Ie vous rends donc Seigneur l'hõneur que ie vous doy.

SANCHE.

SANCHE.

Leuez-vous.

C. PAYSAN.

Mais Seigneur me ferez-vous la grace
D'escouter vn discours qu'il faut que ie vous fasse?

SANCHE.

Parlez.

C. PAYSAN.

Le fait est donc Monsieur le Gouuerneur
Que ie suis laboureur & fils d'vn laboreur,
Natif de Miguel Turre, & que dés mon jeune âge
I'estois sauf vostre honneur le Coq de mon vilage.

SANCHE.

Passez.

C. PAYSAN.

I'ay deux enfans, car ie suis marié:
L'vn d'eux est Bachelier, l'autre licentié:
Ie suis veuf, car ma femme est desia dans la fosse:
On voulut la purger au temps qu'elle estoit grosse,
Vn mechant Medecin me donna cét aduis.

SANCHE.

I'en feray pendre vn iour quelques-vns si ie vis:
Tout le monde s'en plaint.

C. PAYSAN.

Ils causent ma ruyne,
Ma femme rendit l'ame auec la medecine;

Ie voulus quereller contre le Medecin,
Et j'alois sur le champ le coiffer d'vn baßin:
Mais il me protesta qu'on ne sçauroit sans blasme
S'emouuoir seulement pour la mort d'vne femme,
Outre qu'il me fit voir des signes euidens
Comme son recipé la purgeoit pour dix ans,
Si contre son auis la mort ne l'eust rauye.

SANCHE.

Doncques si vostre femme estoit encore en vie
Vous ne seriez pas veuf.

LE PAYSAN.

C'est bien ce que ie croy.

SANCHE.

Enfin venons au point, que voulez vous de moy?

LE PAYSAN.

L'audiance Seigneur que vous m'auez promise.

SANCHE.

Bon homme poursuiuez, elle vous est aquise.

LE PAYSAN.

Doncques mon Bachelier depuis deux ou trois moys
Estant allé mener nos pourceaux dans les bois
Se rendit amoureux de Claire Pelerine,
Fille d'vn laboureur, & ma proche voisine,
Que l'on pourroit nommer la perle du hameau:
Depuis pour l'amour d'elle, il pleure comme vn veau:

Mais ie ne blasme point l'amour qui le transporte,
Qu'il en perde l'esprit, que le diable l'emporte,
C'est peu pour meriter vne telle beauté.

SANCHE.

Allons tout doucement.

LE PAYSAN.

Ie dis la verité.

SANCHE.

Mais faut il pour cela donner vn fils au diable?

LE PAYSAN.

Monsieur le Gouuerneur elle est incomparable,
Elle est belle par tout, mais lors que l'on la void
Seulement au visage & par le costé droit:
Elle paroist à l'œil vne Rose nouuelle,
Que si du costé gauche elle n'est pas si belle,
Au moins à ce qu'on dit, c'est parce seulement
Qu'elle a cest œil creué.

SANCHE.

Le deffaut n'est pas grand.
Poursuiuez.

LE PAYSAN.

Iusqu'icy ie n'ay rien dit qui vaille.
Mais si ie depaignois la beauté de sa taille,
Ie ferois vn miracle, & vous confesseriez
Qu'on ne peut trop loüer l'objet que vous verriez.

SANCHE.

Faites-le donc.

LE PAYSAN.

Seigneur, il ne m'eſt pas poßible,
Il faudroit vous depeindre vne choſe inuiſible.

SANCHE.

Ie ne vous entends point.

LE PAYSAN.

Vous deuez donc ſçauoir,
Que pour ſa belle taille on ne la ſçauroit voir:
Car depuis cinquante ans qu'on dit qu'elle eſt tombée
Du faiſte d'vn clocher elle eſt toute courbée,
Et ſe tient ſur ſes pieds d'vne telle façon,
Que touſiours ſes genoux touchent à ſon manton.
On cognoiſt bien pourtant que ſans ceſte infortune,
Sa taille aſſeurément ne ſeroit pas commune,
Et que ſe redreſſant elle pourroit toucher
Sans hauſſer les talons pour le moins au plancher.

SANCHE.

C'eſt beaucoup.

C. LE PAYSAN.

Quelque bien qu'elle ait pour ſon partage,
Elle euſt depuis vn mois conclu ce mariage,
Et malgré les parens qui choquent ſon deſſein
Pour eſpouſer mon fils elle euſt donné ſa main:

Mais il s'est rencontré qu'elle ne peut l'estendre,
Ayant les bras rompus du coup qu'on luy fit prendre.
Pourtant ses ongles courts & faits en escusson,
Tesmoignent qu'en son ame il n'est rien que de bon.

SANCHE.

Enfin venons au point, Monsieur de Miguel Curre.

LE PAYSAN.

Ie voudrois donc Seigneur quatre mots d'escriture,
Et de la propre main de vostre majesté
Pour obliger le pere à signer ce traité,
Et si ce faux vilain mesprise vos prieres
Qu'il vous pleust luy dõner mille coups d'estriuieres:
Car enfin pour les biens ainsi que pour les maux
Les pelerins & nous sommes assez esgaux.

SANCHE.

Bon homme vous plaist-il encor quelqu'autre chose?

LE PAYSAN.

Ouy Seigneur.

SANCHE.

Parlez donc, mais sans crainte.

LE PAYSAN.

Ie n'oze.

SANCHE.

Poursuiuez hardiment:

LE PAYSAN.

Mais puis-je m'asseurer,
Que vous m'aßisterez, voudriez-vous en iurer?

SANCHE.

En deuez vous douter s'il est en ma puissance?

C. PAYSAN.

Ie diray donc Seigneur auec ceste asseurance
Que ie desirerois qu'à l'heure & de ce pas
Vous me fissiez donner cinq ou six cens ducats,
Pour ayder à mon fils dans son nouueau mesnage.

SANCHE.

Voyez ce qu'il vous faut encore dauantage,
Ne soyez pas honteux, demandez hardimant.

C. PAYSAN.

Cela suffit Seigneur pour le commencemant.

SANCHE.

A ce conte il est donc des ecrocs dans les Isles,
Ainsi que dans Madrit & dans les autres villes:
Dites moy grand Docteur, mais non ne parlez pas,
D'où puis je auoir tiré cinq ou six cens ducats?

C. PAYSAN.

Vn gouuerneur de marque:

SANCHE.

Mais jadis laboureur;

C. PAYSAN.

Mais aujourd'huy Monarque.

SANCHE.

Qui n'a pas vn teston.

LE PAYSAN.

Aussi ne veux-je pas.

SANCHE.

Et que voulez-vous donc?

LE PAYSAN.

Ie prendray des ducats,

SANCHE.

Sans peser?

LE PAYSAN.

Sans peser.

SANCHE.

Mais dites moy bon homme,
Parmy vos autres biens contez vous ceste somme?

C. LE PAYSAN.

Oüy Seigneur, connoissant vos liberalitez.

SANCHE.

Il est tout asseuré que vous vous mescontez
Vouloir six cens ducats d'vn gouuerneur rustique.
Ah! si ie les auois ils seroient pour Sanchique,
Cette fille qui seule ocupe tous mes soins
Et que ie veux pouruoir d'vn Comte pour le moins.
Qu'ay-je à faire de vous & de vostre aliance,
Mariez vostre fils, menez-le à la potence,
Pendez avecques luy les pelerins & vous,
M'en dois-je mettre en peine?

LE PAYSAN.

Ah! calmez ce courrous.

SANCHE.

Plutost pour l'éuiter sortez de ma presence.

LE PAYSAN.

Ternirez-vous ainsi vostre magnificence

SANCHE.

Quoy! vous me repliquez, qu'on luy rompe les bras.

LE PAYSAN.

Ie me reduirois bien à quatre cents ducats.

SANCHE.

Qu'il ne s'en parle plus, ou ie vous romps la teste.

LE PAYSAN.

Donnez-m'en au moins cent pour fournir à la feste.

SANCHE.

Qu'on me l'oste d'icy;

LE PAYSAN.

Quoy! n'obtiendray-je rien?

SANCHE.

Ie vay vous assommer;

LE PAYSAN.

Ah! gardez-vous en bien.

SANCHE.

Contester auec moy?

LE DVC.

Retirez-vous:

SANCHE.

Mais viste.

LE PAYSAN.

Sa colere est extrême, il faut que ie l'éuite.

SCENE

SCENE IV.

LE DVC parlant à la DVCHESSE.

ET bien que dites vous de ce commencement?

LA DVCHESSE.

Il m'a donné beaucoup de diuertissement.

LE DVC.

Ce n'est encore rien.

SANCHE.

Dieu quelle est son audace?
Ce pendart gronde encore alors que ie le chasse.
Ah si vostre respect n'eust retenu mon bras,
Que j'eusse bien gourmé ce chercheur de ducats!

LE DVC.

C'estoit vous profaner.

SANCHE.

Mais que faut-il donc faire,
S'il m'arriue jamais vne pareille affaire?

LE DVC.

Faites du bien à tous, & ne refusez rien,
Vous reseruant l'espoir vous aurez trop de bien.

SANCHE.

Mais encore d'où prendre?

LE DVC.

Il vous sera facile,

De trouuer de l'argent dans les treſors de l'Iſle:
Treſor qui pourroit ſeul enrichir mille Roys,
Et quand il manqueroit ie vous en preterois.

SANCHE.

Que ie feray de bien apres cette aſſeurance!

LE DOCTEVR.

Seigneur l'on vous attend pour tenir l'audience.

SANCHE.

Ne la pourroit-on pas remettre apres diner,
Ou ſouffrir pour le moins que j'aille deſiuner?

LE DOCTEVR.

Il eſt quelques procez de ceux qu'on vous prepare,
Qu'on doit vuider à jun.

LE DVC.

C'eſt ladre.

SANCHE.

Il eſt barbare.
Et ſi ie vy trois jours on le reformera.

LE DOCTEVR.

Tout ce que vous ferez l'Iſle l'approuuera.

SANCHE.

Ie le ſçay bien, Docteur, pourtant ſans conſequence,
Quoy que mon ventre en gronde, allons à l'audience.

Fin du ſecond Acte.

ACTE III.

SCENE I.

SANCHE. LE DOCTEVR. LE DVC.
LA DVCHESSE. D. QVIXOT.

SANCHE.

Docteur, ſoyez couuert.

LE DOCTEVR.

Sage & grand Sanche Panſe:

SANCHE.

Couurez-vous.

LE DOCTEVR.

Ie vous dois vne humble obeyſſance;
Ie croy que voſtre eſprit en ſçauoir eſleué,
Parmy les plus ſubtils tient le haut du paué,
Qu'il connoiſt ſans erreur preſque de toutes choſes,
Mais ie veux l'eſprouuer ſur trois ou quatre cauſes,

Dont la haute importance & la difficulté,
Doiuent seruir d'exemple à la posterité.
Je vous croy bien instruit dans les lettres humaines,
Tres-profond dans les loix Attiques & Romaines,
Et capable de faire encore la leçon,
Trois ou quatre mille ans à Licurgue & Solon.
Ie sçay que pres de vous Labeor & Sceuole,
Paulus & Iulian n'auroient point de parole.
Que vous portez le droit bien plus haut qu'Vlpian,
Que vous rendriez confus le grand Papinian,
Marcellus, Gordien, Proculus, Hermogene,
Modestin, Calistrate, Affricanus, Alphene,
Leonce, Constantin, Thomas, Tribonian,
Tout le Decem-virat du bon Iustinian.
Vernerus, Placentin, Aze, Accurse, Barthole,
Les Baldes, Godefroy, Paul Castre, Iean d'Imole.
Fernand, Iason, Rebuffe, Alciat, & Cujas,
Et mil autres Docteurs dont on fait tant de cas.
Mais ie doute pourtant qu'en ces causes Augustes,
Vous puißiez nous donner des sentences bien justes,
Et voir clair à trauers de leurs obscuritez.

SANCHE.

I'en doute außi Docteur puis que vous en doutez.

SCENE II.

SANCHE. ALTISIDORE representant vne Egyptienne.

PERALTE, representant vn Paysan.

SANCHE.

MAis que veut ce Paysan, & cette Egyptienne?

PERALTE en Paysan.

En suiuant du pays la coustume antienne,
Deuant ce tribunal nous demandons l'honneur,
D'estre aujourd'huy jugez par nostre Gouuerneur.

LE DOCTEVR.

Ces gens ont vn procez d'vne haute importance,
C'est de vous maintenant qu'ils esperent sentence;
Escoutez leurs raisons.

SANCHE.

Bonne dame, parlez.

L'EGYPTIENNE.

L'oseraj-je Seigneur?

SANCHE.

Parlez si vous voulez.

L'EGYPTIENNE.

Helas qui le croira! ce meschant, cét infame,
Vient de couurir mon nom & de faute & de blasme.

I'auois passé ma vie auec vn peu d'honneur,
Et tous ceux de ma troupe enuioient mon bon-heur,
Parmy tous les dangers i'auois sauué ma gloire:
Mais on vient de luy faire vne tache si noire,
Que ie ne pense point de l'en oster jamais,
Et d'estre plus receüe au mestier que ie fais.
Cét homme sans esprit m'a donc deshonorée,
Monsieur le Gouuerneur, i'en suis desesperée,
Ie suis preste à plonger vn poignard dans mon sein,
Si vostre authorité ne me retient la main.
Faites-le donc, Seigneur, & rendeZ-moy justice,
Autrement à vos yeux souffreZ que je perisse.

SANCHE.

Quoy! vous a-t'il forcée?

L'EGYPTIENNE.

Ah! ce ne seroit rien.

SANCHE.

Que vous a-t'il donc fait?

L'EGYPTIENNE.

Le dire.

SANCHE.

Il le faut bien.

L'EGYPTIENNE.

Il m'a deshonnorée.

SANCHE.

Et comment?

L'EGYPTIENNE.

Quel reproche,
Il m'a pris six ducats que i'auois dans ma poche :
Ah, comment puis-ie viure apres vn tel affront !
Le premier dont ma troupe ait veu rougir mon front.
Meurs miserable, meurs.

SANCHE.

L'auanture est estrange.

L'EGYPTIENNE.

Monsieur le Gouuerneur, souffrez que ie me vange.

SANCHE.

Suffit, approchez-vous, l'amy respondez-moy,
Et sçachez que ie tiens le rang d'vn demy Roy.
Auez-vous fait le coup dont elle vous accuse?

LE PAYSAN.

Ouy Seigneur : mais,

SANCHE.

Quoy mais, ne cherchez point d'excuse,
Rendez-luy cét argent, ou ie vay vous punir.

LE PAYSAN.

Mais Seigneur,

SANCHE.

Taisez-vous.

L'EGYPTIENNE.

Il veut le retenir.
Voyez cét impudent !

LE PAYSAN.

Ah ! Monseigneur, de grace,
Escoutez quatre mots.

SANCHE.

Taisez-vous, quelle audace !

LE PAYSAN.

Quoy Seigneur?

SANCHE.

Impudent, ne me resistez plus,
Tous vos raisonnemens sont icy superflus,
Vous auez cét argent, hastez-vous de le rendre.

LE PAYSAN.

Ie l'ay : mais...

SANCHE.

Taisez-vous, ou ie vous feray pendre.

LE PAYSAN.

Quelle iustice, ô Dieu !

LE DOCTEVR.

Vous deuez l'escouter.

L'EGYPTIENNE.

Puis qu'il a fait le vol, que peut-il vous conter?

LE DOCTEVR.

Il le faut voir.

SANCHE.

Parlez.

L'EGY-

L'EGYPTIENNE.

Plustost qu'il obeysse
Oze-t'il contester contre vostre justice.

LE PAYSAN.

Il est vray que i'ay pris l'argent dont vous parlez:
Mais c'estoit six ducats que vous m'auiez volez.
I'ay repris mon argent.

L'EGYPTIENNE.

Deuiez vous le reprendre
Sans demander au moins si ie le voulois rendre?

LE PAYSAN.

Vous ne l'auiez pas pris pour me le redonner.

L'EGYPTIENNE.

Non, mais sur mon refus vous pouuiez m'adjourner,
Et pendant le procez ie me fusse esquiuée,
Mais de telle façon qu'on ne m'eust pas trouuée,
I'eusse mis mon honneur & l'argent à couuert,
Et ie n'eusse pas fait la perte qui me pert.

LE PAYSAN.

Ie le croy bien ainsi.

L'EGYPTIENNE.

Vous le pouuez bien croire:
I'aymois trop cherement mon argent & ma gloire.

LE PAYSAN.

Vostre argent.

L'EGYPTIENNE.

Par la loy qu'on garde parmy nous,
Dés qu'il fut dans ma poche il ceſſa d'eſtre à vous.
Vous me l'auez volé, vous auez fait vn crime:
Mon larcin ne rend pas le voſtre legitime,
En volant des Payſans ie fais ce que ie doy:
Mais ils font vn prodige en me deſrobant moy.
Seigneur ordonnez donc qu'on me rende ma ſomme,
Apres ſi vous voulez pendez ce meſchant homme.

LE PAYSAN.

Ah plutoſt, Monſeigneur, conſeruez mon bon droit:
Si vous m'auiez pendu, qu'eſt-ce qu'on me diroit?
Ie n'oſerois iamais retourner au vilage.

SANCHE.

En effet, mon amy, ce ſeroit grand dommage.
Mais auez-vous repris les ſix meſmes ducats
Qu'on vous auoit volez?

LE PAYSAN.

Ie ne les connoy pas.

SANCHE.

Tant pis.

L'EGYPTIENNE.

En bonne foy, Seigneur, c'en eſtoit d'autres.

SANCHE.

Vous euſſiez fort bien fait de reprendre les voſtres:

Il faut estre bien fin pour iuger ce procez;
L'vn & l'autre ont commis de semblables excez.
La femme a volé l'homme, & l'homme par adresse,
A repris son argent à cette larronnesse:
Il a fait ce qu'il doit si ce sont ses ducats,
Mais son procez va mal si ce ne les sont pas.
D'ailleurs la femme dit que la loy de sa troupe
Donne droit sur la bourse à celuy qui la coupe:
Par là les six ducats luy sont fort bien acquis,
Et le Paysan ne peut que les auoir mal pris.
Mais il est aussi vray que la iustice approuue,
Qu'on reprenne son bien par tout où lon le trouue,
Ainsi ce bon paysan a fait ce qu'il deuoit,
Et l'on luy feroit tort si l'on ne l'absoluoit:
Qu'en dites-vous Docteur? conseillez-moy de grace.

LE DOCTEVR.

Autant ou plus que vous l'affaire m'embarrasse,
I'estime toutesfois, & sauf meilleur auis,
Que la femme a fait mal, mais que l'hõme a fait pis.
La femme en dérobant n'a fait que son office:
Mais l'homme a pris son bien sans forme de Iustice,
Et violé par là cette loy de l'Estat,
Qui veut qu'on ait recours à nostre Potentat.

SANCHE.

Qu'on les pende tous deux, & qu'on vuide d'affaires.

D. QVIXOT.

Sanche vos jugemens sont vn peu trop seueres,
Et l'injustice icy paroit auec excez
Si vous ne les tirez de cour & de procez.

SANCHE.

Absoudre des larrons!

L'EGYPTIENNE.

Le larcin est vn crime
A qui souuent l'on donne vn pardon legitime.
Par exemple la nuit nous desrobe le jour,
Le silence le bruit, & l'absence l'amour;
Les extremes mal-heurs nous desrobent des larmes;
Le temps à la beauté desrobe tous ses charmes,
Les ans & la laideur desrobent les amans;
Les caterres aussi nous desrobent les dents
La fievre l'appetit, la lune la moüelle,
Le hale la blancheur, le paué la semelle:
Le trauail le repos, les veilles le sommeil,
La débauche le temps, & l'ombre le soleil
Le loup desrobe aussi les moutons & les chévres
Les renards les chapons, les chiens courans les liévres,
Le milan les poulets, le blereau le raisin,
Les abeilles les fleurs, les moucherons le vin,

Les fromis le froment, & la gresle les pommes,
Les chenilles la fueille, & la peste les hommes.
La Loutre les poissons, la guerre les soldats:
Tout est plain de larrons que vous ne pendez pas,
Et le gibet n'est fait que pour les miserables.

SANCHE.

En effet ces larrons ne sont pas punissables.
Docteur qu'en croyez-vous?

LE DOCTEVR.

Vous voyez ses raisons.

SANCHE.

Il me semble pourtant que l'on pend les larrons.

LE DOCTEVR.

Mais n'auez-vous point leu qu'vne Ville de Grece
Approuuoit les larcins commis auec adresse.

SANCHE.

Non veritablement, mais pour disner plutôt,
Et pour suiure l'auis du braue D. Quichot,
Veu les larcins que font les chiens courans des liévres,
Les Milans des poulets, le Loup des pauures chévres,
Les moucherons du vin, le renard des chapons,
Et tout consideré j'absous ces deux larrons:

LE PAYSAN.

Vostre premier arrest m'auoit donné la fiévre,
Seigneur pour ce dernier ie vous promets vn liévre,

Et deux ou trois lapins, les prendrez vous?

SANCHE.

fort bien.

LE PAYSAN.

Vous fairez en ce cas plus que ne fait mon chien.

SANCHE.

Voyez cét impudent, ie pense qu'il nous raille.

LE DOCTEVR.

Il ne sçait ce qu'il dit.

SANCHE.

Sortez d'icy canaille

LE PAYSAN.

Monseigneur j'obeïs.

L'EGYPTIENNE.

Quoy l'on ne le pend pas.
Et ce pendart encor emporte mes ducats.

SANCHE.

Qu'on ne replique plus: ah madame labeste
Ie vous iray donner de cecy sur la teste.

LE DOCTEVR.

Cela s'apelle vn sceptre, & vaut bien le nommer.

SANCHE.

Et bien du sceptre dont i'iray vous assommer.

L'EGYPTIENNE.

Si ie n'ay mes ducats ie mourray ſur la place.

SANCHE.

Si vous dites vn mot ie reuoque ma grace:
Allez ne volez plus.

L'EGYPTIENNE.

Ah rigoureuſe loy,
Subtil Dieu des larrons, Mercure venge moy.

SCENE III.

SANCHE.

ET bien fais-je trop mal?

LE DVC.

Vous faites des merueilles
Qui ſurprennent les yeux & charment les oreilles.

LA DVCHESSE.

Et voſtre charité paroit auec excez,
Lors qu'auecques douceur vous jugez le procez.

SANCHE.

Il eſt vray.

D. QVIXOT.

Mais auſſi dedans cette ocurrence,
Nous deuons admirer la haute prouidence,
Qui rend les laboureurs capables d'eſtre Roys,
Leur donnant la prudence auecque les employs.

Laisse toy donc conduire à cette intelligence,
Arreste les boüillons de son impatience;
N'as-tu pas remarqué combien imprudemment
Ils t'eussent fait faillir dedans ce iugement,
Si ce braue Docteur ne t'auoit fait comprendre
Qu'il faloit en iugeant tout voir & tout entendre.

SANCHE.

Ie m'en souuiens fort bien & du disner aussi:
Sera-t'il bien-tost prest?

LE DOCTEVR.

Laissez-moy ce soucy.

SANCHE.

Mais i'enrage de faim.

LE DOCTEVR.

Vn peu de patience:
Il faut auparauant acheuer l'audience.

SANCHE.

Est-il quelque autre affaire?

LE DOCTEVR.

Il en reste encor vn,

SANCHE.

A tantost.

LE DOCTEVR.

Sans celuy qu'on ne peut voir qu'à jeun.

SANCHE.

Il faloit donc iuger celuy-cy des l'entrée,
Et nous eussions vuidé l'autre de releuée:

Vous

Vous auez tort, Docteur.

LE DOCTEVR.

Il pourroit estre ainsi.

SANCHE.

Que l'on amene donc ce procez.

LE DOCTEVR.

Le voicy.

SCENE IV.

LE MAISTRE D'HOSTEL DV DVC.
BAZILE representant vn Filou.

LE MAISTRE D'HOSTEL.

Monseigneur nous venons aux pieds de vostre Altesse.

SANCHE.

Tréue de compliment, l'heure du disner presse.

LE MAISTRE D'HOSTEL.

Monsigneur :

SANCHE.

Concluez.

LE M. D'HOSTEL.

Grand Prince escoutez nous.

SANCHE.

Soyez bref.

LE M. D'HOSTEL.

Hier au soir ie trouuay des Filous,

Qui gourmoient vn marchant au milieu de la place:
Ie mis l'espée au poing j'émeus la populace,
D'abord l'on vid sortir cent valets animez,
De broches, de bastons, & de barres armez:
A quelque temps de là, le bourgeois se hazarde
De paroistre à la porte auec la halebarde.
Mais des-jà les Filous estoient en desarroy,
I'auois pris celui-cy qui vint se rendre à moy,
Pour se sauuer des coups qui tomboient sur sa teste.

SANCHE.

Dont monsieur le Filou vous auez fait la beste,
Et vous portez icy ce procez inhumain,
Qu'on ne sçauroit juger si l'on ne meurt de faim.
Qu'on le pende à l'instant.

LE DOCTEVR.

Vn peu de patience,
Et ne meditez point vn dessein de vengeance:
Que par vous l'innocent ne soit pas condamné
Dans le ressentiment de n'auoir point disné.
Plustost sur ce subjet consultez Marc-Aurele,
Cét illustre Empereur dont la vie est si belle,
Ne punis point, dit-il, dans le ressentiment,
Et ne pardonne point dans le contentement:
Mais il n'est pas besoin d'en dire dauantage,
Vous ne manquerez point, vous estes bon & sage.

D. QVIXOT.

Le Docteur a raison, c'est trop precipiter
Ce dernier jugement, Sanche il faut l'escouter.

SANCHE.

Ne dites donc qu'vn mot.

LE MAISTRE D'HOSTEL.

Mais que pourroit il dire?

BAZILE Filou.

Monsieur le Gouuerneur, cecy n'est que pour rire,
Ces bonnes gens m'ont pris sans qu'ils sçhachent pour-
Ie suis homme d'honneur ie vous iure ma foy: [quoy,

SANCHE.

Apres ce qu'il a dit qu'est-ce que ie puis faire?

LE DOCTEVR.

Il faut l'interroger sur le fond de l'affaire.

BAZILE Filou.

Sçachez donc que ie suis vn de ces bons garçons
Qu'on appelle Filous, coupe-jarrests, larrons;
Mais qui sont en effet les vangeurs legitimes
Des plus sanglans affronts & quelquefois des crimes.
Quand quelque galant homme a du ressentiment
Contre quelque pendart, qu'il parle seulement.
Nous sçauons le venger sans quil se mette en peine,
Nostre justice est prompte autant que souueraine,
Les frais n'en sõt pas grãds: car pour moins d'vn testõ,
Nous dõnons quelque fois deux cens coups de baston.

Nous faiſons nos complots, dedans la comedie,
Que nous perdrons enfin ſi l'on n'y remedye:
Parce que tous les jours l'alarme eſt au quartier
Pour entrer ſans payer nous batons le portier.
Les acteurs font du bruit, ils ſautent au parterre,
Il s'alume entre nous ie ne ſçay quelle guerre,
Qui ne fait voir enfin pour tout ſang reſpandu
Que les pleurs d'vn bourgeois pour sõ chapeau perdu.

SANCHE.

Acheuez promptement.

Le Filou.

Cét affronteur infame,
Ce marchant ſans parole, & cét homme ſans ame,
Ayant ſceu le meſtier que mes compagnons font,
Les voulut employer à venger vn affront
Qu'on venoit de luy faire en la place publique,
La brigade à l'inſtant luy promet ſans replique,
Le marché fut conclu ſans beaucoup barguigner,
Car ce n'eſt pas icy la ſaiſon de gaigner.
On luy donna le choix du coup de ſa vengence,
Ie voulois que la mort reparaſt ſon offence:
Qu'on priſt ſon ennemy, qu'on l'allaſt eſgorger,
Ie choquay ce deſſein pour le faire changer,
En luy repreſentant que l'objet effroyable
D'vn ennemy ſans vie eſtoit trop pitoyable.

Que celuy qui vouloit vaincre ses ennemis,
Ne deuoit desirer que de les voir sousmis,
Puis qu'en leur pardonnant il emportoit la gloire
D'auoir gagné sur eux vne double victoire.

SANCHE.

Concluez harangueur.

BAZILE Filou.

Ce bon homme à la fin
Esmeu par mes discours mit de l'eau dans son vin.

SANCHE.

Il fit fort mal.

Le Filou.

Ie dis qu'il adoucit sa haine,
Qu'il regla sa vengeance & modera la peine.

SANCHE.

En ce cas il fit bien.

Le Filou.

Nous tombons donc d'accord
Que son galand seroit à couuert de la mort,
Et qu'on luy couperoit seulement les oreilles.
Or voyez ce qui suit vous verrés des merueilles,
Nous allons donc rouller pour tascher de le voir
Au trauers de la nuit, & quoy qu'il fist bien noir,
Le diable qui souuent conduit à la potence
Et dresse l'eschaffaut lors que moins on y pense,

Le mena prés de nous suiuy de son valet,
Ce fut moy le premier qui le pris au colet:
Ce valet fait du bruit, vn des nostres l'arreste,
Vn autre vient tenir son maistre par la teste,
Ie tire mon poignard que i'auois au costé
Pour luy faire l'affront qu'on auoit arresté:
Mais ie vis aussi-tost, ô fourbe sans pareille!
Que ce meschant pendart n'auoit aucune oreille.

SANCHE.

L'auenture est estrange.

BAZILE Filou.

En fin que ferez vous
Pour auoir vostre argent infortunez Filous?
Chacun est estonné comme vn fondeur de cloches,
Et veut s'en retourner les mains dedans ses poches:
Mais ie ne sçay comment il me vint dans l'esprit
Qu'vn iour sans y penser i'auois veu par escrit,
Que l'affront du valet resolu sur le maistre,
Que puis qu'on l'escriuoit cela pouuoit bien estre.

SANCHE.

Concluez.

BAZILE Filou.

Aussi-tost abordant le valet,
Encore de nouueau ie le pris au colet.
Et secouru des miens i'emportay ses oreilles,
Quoy que pour les deffẽdre il eust fait des merueilles.

Auecque ce butin suiuy de mes amis,
Ie m'en vay demander le salaire promis.
Nous trouuons le marchant au milieu de la place
Au temps que le valet luy contoit sa disgrace.
Celuy-là fuit d'abord, celuy-cy nous attend:
Nous voulons qu'il nous paye, il fait le malcontent,
Se plaint du Qui pro Quò, *nous pressons, il refuse,*
Il nous dit sa raison, nous disons nostre excuse,
Soustenons hautement que de nostre costé
L'accord fait entre nous estoit executé.
Produisons du valet les oreilles coupées,
Que dedans mon mouchoir j'auois enuelopées,
Mesme pour le conuaincre en sa mauuaise foy,
Vn de nos compagnons allegue quelque loy;
Où le maistre & le serf sont pris pour mesme chose
Et qui sans contredit decidoit nostre cause.
Mais il persiste encore en son premier refus,
Il veut nous eschapper, il ne nous connoit plus.
Il appelle ses gens, ie ramasse les nostres,
Il anime les vns, i'encourage les autres,
Et pour faire valoir nos differens desseins,
Nous en venons enfin des paroles aux mains.
Vous auez sçeu, Seigneur, le reste de l'histoire,
Iugez si ie suis digne ou de blasme ou de gloire,
Ie m'en rapporte à vous.

SANCHE.

Ie vous ſuis obligé:
Oüy monſieur le filou vous ſerez bien jugé,
Vous monſieur le Marchant n'auez vous rien à dire?

LE MARCHANT.

Seigneur ils n'ont rien fait de ce que ie deſire:
Vous l'auez peu iuger par tout ce qu'il a dit;

SANCHE.

Mais parlons par eſcot: que vouliez vous qu'il fit?

LE MARCHANT.

Qu'il coupaſt nettement les oreilles du maiſtre.

Le Filou.

Mais s'il n'en auoit point, pouuois-je en faire naiſtre?

LE MARCHANT.

N'importe, il me ſuffit que de noſtre traité,
L'article principal n'eſt point executé,
Et que ie ne dois rien.

Le Filou.

Quoy: ie perdrois mes veilles.
Ah! ne vous flattez point i'ay coupé des oreilles.

LE MARCHANT.

Mais celles du valet.

Le Filou.

C'eſt tout vn.

SANCHE.

Taiſez vous.

Le Filou.

Monſieur le Gouuerneur de grace jugez nous:

SANCHE.

Ceste affaire Docteur me broüille la ceruelle,
Autant ou plus que l'autre.

LE DOCTEVR.

Elle est plus criminelle,
Et chacun d'eux merite vn rude chastiment.

SANCHE.

C'estoit là mon auis, ayez mon jugement:
Le Marchant est vn sot, & ie croy qu'en justice,
Quoy qu'il puisse alleguer il faut qu'on le punisse.

Le Filou.

Cela luy sied fort bien, il faisoit l'entendu.

SANCHE.

Il aura donc le foüet & vous serez pendu.

SCENE V.

QVITTERIE representant la femme du Filou, entre dans l'audiance & se jette aux genoux de Sanche.

Grace grace Seigneur.

SANCHE.

Que nous veut cette dame?

D. QVIXOT.

Ah Seigneur!

SANCHE.

Leuez-vous. Qu'est-ce donc?

Le Filou. *C'est ma femme.*

QVITTERIE.

Sauuez ce mal heureux à vos pieds abattu:
C'est le dernier effort d'vne haute vertu.
Considerez, Seigneur, vne femme éplorée,
Qui par ce iugement se void deshonorée.
Sauuez vn imprudent, & faites voir à tous,
Que vous estes l'appuy des illustres Filous.

SANCHE.

Sauuer vn meurtrier, vn assassin damnable.
Ah! son crime n'est pas vn crime pardonnable.

QVITTERIE.

Pourtant toute la terre est plaine d'assassins,
Ie ne veux point parler des jeunes Medecins,
De qui l'aprentissage est souuent plus funeste
Que les plus forts venins d'où s'engendre la peste.
A-t'on jamais pendu le pourpre, le bubon,
L'abcez, l'apoplexie, & le mal du pulmon,
La colique, la goute, ou bien l'hidropisie,
La fiévre continuë, auec la pluresie,
La ptise, la grangrene, & tant de quis pro quos,
Et de purgations faites mal à propos,
Quoy qu'il soit bien certain que ce sont les espées,
Par qui de tant de gens les trames sont coupées.
A-t'on jamais pendu les canons, les mousquets,
Les bombes, les petarts, ou bien les pistollets,
Les grenades, fusils, carabines, & piques,
Sabres, dagues, stillet, masses d'armes antiques,

Balles de feu gregeois, contremines, fourneaux,
Lanternes, feux volans, halebardes, couteaux,
Encor que tous les iours, ſoit en paix ſoit en guerre
De meurtres & de ſang ils ayent couuert la terre,
Et ſi l'on a fait grace au bois, au fer, au feu,
Qui ſont inanimez, & qui valent ſi peu:
Doit on la refuſer au plus recommendable
De tous les animaux, dont l'eſtre eſt admirable,
Qui comprend les grandeurs de la terre & des Cieux,
Et qui ſe vid former à l'image des Dieux?
L'homme cét abregé des merueilles du monde,
Pour qui fut fait le feu, la terre, l'air, & l'onde.
Pourquoy les eſcuyers des Cheualiers errants,
Endurent tous les iours tant de maux differants.
Comme la faim, la ſoif, le froid, le chaud, les bernes,
Les coups de nerfs de bœuf qu'on leur dõne aux tauer-
Et mille autres encor donc ie ne diray rien? [nes,

LE DOCTEVR.

Il n'en eſt pas beſoin nous le ſçauons fort bien,
Nos nerfs en ſont foulez & nos coſtes froiſſées:
Mais ne me parlez plus de mes douleurs paſſées,
Reuenez au pardon que vous me demandez.

QVITTERIE.

Ie feray donc, Seigneur, ce que vous commandez,
Pour toutes ces raiſons que ie viens de vous dire,
Vous deuez m'accorder le bien que ie deſire.

SANCHE.

En effet; mais Docteur enfin que ferons nous?

LE DOCTEVR.

Tout ce qu'il vous plaira, ie m'en rapporte à vous.

SANCHE.

A-t'on iamais pendu les meurtres qu'elle nomme?

LE DOCTEVR.

Monseigneur.

SANCHE.

Et pourquoy pendroit-on donc cét homme?

QVITTERIE.

Helas! si mes raisons n'ont pas assez de poids
Pour sauuer mon mary de la rigueur des Loix;
Souffrés au moins Seigneur que la pitié vous touche,
Que les pleurs de mes yeux, les soupirs de ma bouche,
Les sanglots de mon cœur, les accens de ma voix,
Chacun d'eux pris à part, ou bien tous à la fois.
Vous fassent ressentir au plus vif de vostre ame,
Quel tourment souffriroit l'Infante vostre femme,
De voir qu'vn Gouuerneur par vn sanglant decret,
Vous fit pendre tout court comme vn haranc soret?

SANCHE.

Vous me fendez le cœur, vostre cause est trop bonne:
Vous demandez sa grace, & bien ie vous la donne.
Marchand, pour l'amour d'eux ie vous pardõne aussi.

LE MARCHANT.

Seigneur,

SANCHE.

Ne parlez plus, retirez-vous d'icy.

Le Filou.

Mais pour mon payement que faut-il que ie fasse?

SANCHE.

Allez contentez-vous que ie vous ay fait grace.

SCENE VI.

LE DOCTEVR.

QVe la clemence est belle à ceux de vostre rang,
Qui boiuēt plus de vin qu'ils ne versent de sāg,
Que dans tous vos arrests vous estes admirable,
L'histoire dans mille ans n'en sera pas croyable.

LE DVC.

I'en demeure estonné.

D. QVIXOT.

I'en reste tout confus.

SANCHE.

Moy ie suis affamé, si iamais ie le fus.

LE DVC.

Allez vous en disner, & puis que dans cette Isle,
Vostre adresse a rendu mon séjour inutile,
Nous allons de ce pas prendre congé de vous.

SANCHE.

Quoy! Seigneur, sans disner.

LE DVC.

On nous attend chez nous,

Où nous arriuerons au plustard dans vne heure.

D. QVICHOT.

Adieu.

SANCHE.

Vous me quittez: ah plutost que ie meure
Monsieur au nom de Dieu demeurez auec moy.

D. QVIXOT.

Ie reuiendray te voir dés que ie seray Roy.

SANCHE.

On nous separe donc. Ah grandeur importune!
Que tu mesles de fiel à ma bonne fortune!

LE DVC.

Sanche faites au moins dans ce gouuernement
Que la suite responde à son commencement.

D. QVIXOT.

Adieu mon fils.

SANCHE.

Adieu.

LA DVCHESSE.

Ie vous le recommande,
Docteur traitez-le en Roy.

SANCHE.

C'est ce que ie demande.

LE DOCTEVR.

Monsieur le Gouuerneur il ne faut point sortir.

SANCHE.

Ah ne m'arrestez point ie le veux voir partir.

Fin du troisiesme Acte.

ACTE IV.

SCENE I.

SANCHE. CARIZALE ou le DOCTEVR.

SANCHE.

IE ne puis m'empescher de monstrer ma douleur
Dans ce cruel depart qui m'arrache le cœur:
Car vous deuez sçauoir que i'ayme D. Quixote,
Mieux qu'vn gueux son bissac, mieux qu'vn fou sa marote;
Nous nous sõmes conus des nos plus jûnes ans,
Nous nous sommes aymés n'estant encore qu'enfans,
Et cette affection est enfin paruenuë
A telle extremité que son depart me tuë:
Aussi dans le village au sentiment de tous;
Cette extreme amitié nous auoit rendu fous.

LE DOCTEVR.

Ie le croy.

SANCHE.

Bien instruits de nostre amour extreme,
Mon asne & son cheual s'entraymoiët tout de mesme,
Ie les ay veu cent fois s'entrebaiser au front,
Et s'embrasser le col comme les galands font.

Ah! grison desolé, que le sort est barbare,
Qui de ton cher amy maintenant te separe.
Helas! que feras-tu perdant cét entretien;
Mais tu le vois partir & tu ne luy dis rien:
Et vous estes tous deux müets comme des bestes.

LE DOCTEVR.

Les extremes douleurs doiuent estre müettes;
Ie ne m'estonne point que dedans ce depart,
Qui perçoit du grison le cœur de part en part,
Il n'est point exprimé par vne vaine plainte,
L'exeßiue douleur d'vne si viue attainte;
Puis qu'il ne pouuoit pas s'expliquer dignement,
De l'insigne grandeur de son ressentiment.

SANCHE.

Roußimante abattu du dueïl qui le transporte,
En a bronché trois fois au sortir de la porte;
Et feignant d'auoir peur ne vouloit point passer,
Mais à grands coups de fourche on l'a fait auancer.

LE DOCTEVR.

Ce n'est pas sans subjet que le bon Roußimante,
En quittant le grison, bronche, pleure, & lamante.
Il fait la mesme perte & n'a pas le mesme heur,
Car qui peut l'asseurer qu'il doit estre Empereur,
Où son maistre pour luy, la chose est incertaine,
Et le grison se trouue à present hors de peine.
Gouuerneur absolu d'vn Isle de renom,
Qui doit éterniser la grandeur de son nom.

SANCHE.

Le grison gouuerneur.

LE DOCTEVR.

Souffrez que ie m'explique,
Et vous approuuerez le discours qui vous pique.
N'aymez vous point vostre asne?

SANCHE.

Ouy, mais fort tendrement.

LE DOCTEVR.

Il vous cherit aussi.

SANCHE.

Se peut-il autrement?

LE DOCTEVR.

Aussi vous m'aduoüerez, que puis que la Fortune
Doit entre les amys estre tousiours commune,
Vous ne sçauriez monter au rang de gouuerneur,
Sans que vostre grison ayt part à vostre honneur.

SANCHE.

En effet ce discours, pris au pied de la lettre,
Semble prouuer cela.

LE DOCTEVR.

S'il vous plaist de permettre,
Qu'auec cette raison i'en allegue encor cent,
Sans beaucoup me peiner, ie vous rendray content.
Escoutez celle-cy qu'on a tant renommée,
Si l'Amant se transforme en la personne aymée.

Le griſon vous aymant auecque paßion,
A changé de nature & de condition
Ce n'eſt plus le griſon, mais c'eſt Sanche luy-meſme,
Et puis que vous l'aimez tout autãt qu'il vous aime;
Nous pouuons dire außi par la meſme raiſon,
Que vous eſtant changé vous eſtes le griſon;
Mais il faut s'eſloigner de cette conſequence.

SANCHE.

Venerable Docteur laiſſons cette ſcience,
Dont la ſubtilité ne me plaiſt nullement;
Ie ne ſçay ce que c'eſt qu'Amante ny qu'Amant,
Que transformations, que nature, que change:
Mais il eſt deſia tard, ſi l'on veut que ie mange,
Qu'on m'apporte à diſner.

LE MAISTRE D'HOSTEL.

Monſeigneur tout eſt preſt.

SANCHE.

Allons donc, & laiſſons la choſe comme elle eſt.

SCENE II.

SANCHE. LE DOCTEVR. LE MAISTRE D'HOSTEL. Et la ſuite de Sanche.

On tire vn rideau, où l'on void parêtre vne table couuerte de quantité de plats. Sanche laue ſes mains, & s'aſſied cependant qu'on joüe des Violons, & qu'on chante en muſique le ſizain ſuiuant.

Inſigne Gouuerneur d'vne Iſle fortunée,
Le Ciel te l'a donnée,
Pour apprendre que c'eſt que la ſobrietté,
Parmy les mets que l'on t'eſtale,
Tu feras voir la verité.
Du feint ſupplice de Tantale.

SANCHE.

C'eſt aſſez mes amys, ie veux diſner ſans bruit;
Suiuant l'ordre ancien, commençons par le fruit.

LE DOCTEVR ſe tient debout derriere Sanche, & donne de ſa baguette ſur le premier plat.

Oſtez ce plat. On remet vn autre plat.

SANCHE.

Cecy n'a pas mauuaiſe grace:
Gouſtons en.

LE DOCTEVR frapant de ſa baguette.

Remettez ce ragouſt à ſa place.

SANCHE.

Qu'est-ce que tout cecy, Monseigneur le Docteur?
Auez vous resolu que ie disne par cœur?

LE DOCTEVR.

C'est l'ordre.

SANCHE.

Ces façons sont vn peu trop ciuiles.

LE DOCTEVR.

Nous vous faisons disner comme l'on disne aux Isles,
Iamais les Gouuerneurs n'y mangent autrement.

SANCHE.

Ie me passerois bien de tout ce compliment.

LE DOCTEVR.

Monsieur le Gouuerneur, ie veux vous satisfaire,
Sur la haute raison de ce pompeux mystère.
Ce n'est pas auec vous qu'il faut faire le fin,
Sçachez premierement que ie suis medecin.

SANCHE.

A la bonne heure.

LE DOCTEVR.

Ainsi l'on desire à la ville
Que j'assiste aux repas des Gouuerneurs de l'Isle,
Pour m'asseurer par là de leur temperament,
Et pour les maintenir dans vn bon reglement.

I'en ay tiré plusieurs dans mon apprentissage.

SANCHE.

Ie ne suis donc pas mal.

LE DOCTEVR.

Mais ie me suis fait sage,
Vous estes à couuert d'vn semblable danger.
Voyant que tous mouroient à force de manger,
Enfin ie resolu d'y mettre vn si bon ordre,
Que sur mes actions on n'aura plus que mordre.
Vous ne mangerez rien qui nuise à vostre corps,
Du moins pour l'empescher ie feray mes efforts.
I'ay doncques commandé que l'on ostast les pommes,
Qu'on peut dire à bon droit le vray poison des hōmes,
Qui sous vne peau d'or cachent vne froideur,
Qui nous glace les dents, & qui va jusque au cœur.
Outre que vous sçauez qu'aux nopces de Pelée,
Par vne pomme d'or la feste fut troublée,
Et que ce meschant fruit fut si pernicieux,
Qu'il mit en cendre Troye & fit gourmer les Dieux.

SANCHE.

Passe pour celuy là ; mais pour la fricassée.

LE DOCTEVR.

I'ay senty qu'elle estoit vn peu trop espicée,
Qu'on n'en sçauroit manger sans en estre alteré,
Et le boire tousiours doit estre moderé,
Que Galien parle bien dessus cette matiere.

SANCHE.

C'est assez, donnés donc cét oyseau de riuiere.

LE DOCTEVR.

Qu'on l'oste.

SANCHE.

Mais pourquoy le faites vous oster?

LE DOCTEVR.

Pourplus de cent raisons.

SANCHE.

Mais il faut les cotter?

LE DOCTEVR.

Pline ce grand auteur de l Histoire du monde,
Parlant des animaux de la terre & de l'onde,
Tres-veritablement ainsi que chacun dit,
Dans vn chapitre expres a laissé par escrit;
Que l'oyseau de riuiere, ayant dans sa structure,
Les deux extremitez d'vne double nature,
Et comprenant en soy la chair & le poisson,
Estoit creu tres-funeste auec grande raison.
Aristote.

SANCHE.

Suffit; mangeons ie vous en prie,
Que l'on approche donc cette perdris rotie,
Qu'on reprene ma charge ou que ie disne en paix.

LE DOCTEVR.

Monsieur le Gouuerneur n'en mangera jamais,
Au moins par mon aduis.

SANCHE.

Ie meurs de faim.

LE DOCTEVR.

N'importe,
Nous ne desirons pas vous perdre de la sorte.
Nostre maistre Hypocrate a vuidé ce procez,
Lors qu'il a deffendu de manger par excez.
Toute repletion est, dit-il, dommageable;
Mais celle des perdrix est malfaisante en diable.
Auicenne & Fernel en demeurent d'accord,
L'Escale de son temps les haïssoit à mort.
Dulaurans les condamne à chanter dans des cages,
Rabelais les renuoye à la mercy des Pages,
Rondelet.

SANCHE.

C'est assez monsieur le Medecin,
Qu'on l'oste donc de là, baillez moy ce lapin.

LE DOCTEVR.

Absit. *Ah loing de nous vne telle pensée,*
Toute la Medecine en seroit offencée.
De tous les animaux qu'on void dans nos escrits,
Excepté seulement & canards & perdrix,
C'est le plus mal-faisant, & i'ay leu dans l'histoire,
Vn accident estrange & difficile à croire,
Que ie veux rapporter à propos de lapins,
Pour vous faire juger combien ils sont malins.

Au temps que les Romains cõmandoient ſans repli-
Dedans tout l'Vniuers. Certaine Republique [que
Leur demanda ſecours contre ces animaux,
Qui dedans leur pays leur faiſoient mille maux.

SANCHE.

En effet il eſt vray, cette hiſtoire eſt eſtrange,
Mais ie penſe pourtant qu'il eſt bon que i'en mange,
Puis qu'elle ne dit rien qui m'en puiſſe empeſcher?

LE DOCTEVR.

Attendez le boiteux qui ne peut pas marcher,
Les Romains qui ſans doute eſtoient fort charitables,
Voulurent ſecourir ces pauures miſerables,
Ils arment à l'inſtant ſix fortes legions.

SANCHE.

Mais pourquoy falloit il employer des Lyons,
Où de ſimples fureſts euſſent fait des merueilles?

LE DOCTEVR.

Monſieur le Gouuerneur ouurez mieux les oreilles:
I'ay dit que l'on arma ſix fortes legions,
Qui ſont des regimens & non pas des lions.

SANCHE.

Parlés donques François. Mais plutoſt qu'on ſe taiſe,
Et qu'on permette en fin que ie mange à mon aiſe.

LE DOCTEVR.

Soit: çà maiſtre d'hoſtel auancez donc ces plats.

SANCHE.

Vne beccaſſe, bon.

LE DOCTEVR frappant encore de ſa baguette.

Vous n'y toucherez pas.

SAN-

SANCHE.

Et pourquoy?

LE DOCTEVR.

La raiſon en eſt toute euidente;
C'eſt vn oyſeau groſſier remply d'humeur peccante,
Qui l'attache à la terre, & ne luy permet pas,
Comme vous ſçauez bien, de voler que fort bas.
C'eſt de tous les oyſeaux le plus melancolique,
L'excez de ſa froideur le rend paralitique:
Et pour prouuer comment c'eſt le pire des mets,
Donnez-en à des chiens, ils n'en mangent iamais.

SANCHE.

Il eſt vray. Mais enfin, choiſiſſez quelque choſe:

LE DOCTEVR.

C'eſt à quoy maintenant mon eſprit ſe diſpoſe.
I'ay fait donc appreſter auec beaucoup de ſoin,
Quatre cornets d'oublie & deux tranches de coin:
Et i'ay fait mettre à part deux grands verres d'eau claire,
C'eſt là voſtre diſner, leger, mais ſalutaire.

SANCHE.

Quatre cornets d'oublie, & deux tranches de coin,
Ce n'eſt pas maintenant ce dequoy i'ay beſoin.
Monſieur le Medecin n'en parlons plus de grace,
I'ayme bien mieux manger dix cuiſſes de beccaſſe,
En d'euſſay-je mourir, ou quatre ou cinq perdrix.

LE DOCTEVR.

Ie n'ay pas fait deſſein de vous plaire à ce prix:

Mais Seigneur deuez-vous nous parler de la ſorte?
Quoy! ne ſçauez vous pas combien il nous importe,
De conſeruer vos jours pour noſtre commun bien?

SANCHE.

Mais ne mourray-je pas ſi ie ne mange rien?

LE DOCTEVR.

Si de tous nos auteurs l'Ecolle n'eſt trompée,
La bouche en a tué beaucoup plus que l'eſpée.
Qui ne mange jamais ne peut s'empoiſonner,
Vn grand homme en jeunant apriſt à deuiner.
Ces acres fluctions qui cauſent la migraine,
Ces abſés importuns qui donnent tant de peyne,
La colique, la goutte, & toutes les douleurs,
Que cauſent en nos corps les mauuaiſes humeurs,
N'auroyent jamais troublé le repos de la vie,
Sy jamais de manger nous n'euſſions eu l'enuie.
Qui ne ſçait aujourd'huy l'Epigrame Latin
De Iule Scaliger, ce fameux Medecin.
Qu'on appelle à bon droit le Galien d'Alemagne,
Conneu dans tout le Monde, & par toute l'Eſpagne,
Où preſſé des douleurs de ſa goute il a dit,
Dente famis diræ dira podagra perit.
Qui veut dire en François que la goute enragée,
Par la dent de la faim pouuoit eſtre mangée.
Ah! deſir de manger que tu cauſes de morts!
Mais pour te reſiſter i'emploiray mes efforts.

Tu ne tuëras iamais noſtre grand Sanche Pance;

SANCHE.

Non, car vous le tuërez auecque l'abſtinance.
Où ſont donc tous ces plats dont le Duc me parloit?

LE DOCTEVR.

Ils ne ſont pas cachez, voſtre Grandeur les voit.

SANCHE.

Dequoy me ſeruent ils ſi d'abort que i'y touche,
Vous venez m'ẽpeſcher de rien mettre à ma bouche?

LE DOCTEVR.

Ils montrent la grandeur de voſtre qualité.

SANCHE.

De grace moins d'honneur & plus d'vtilité:
Mais, monſieur le Docteur, enfin que doy-ie attendre?

LE DOCTEVR.

Tous les humbles deuoirs que nous pourrons vous [rendre.

SANCHE.

Mais que feray-ie enfin de ce grand appetit?

LE DOCTEVR.

Vous mangerez, Seigneur, ce que ie vous ay dit.

SANCHE.

Rien autre choſe?

LE DOCTEVR.

Non.

SANCHE.

Dites moy galand homme,
Ne puis-ie pas ſçauoir comme eſt-ce qu'on vous nõme?

Quel est vostre pays, & de quel maistre enfin
Vous tenez le mestier de Docteur Medecin?

LE DOCTEVR.

L'on m'appelle chez moy le Docteur Pedro Rajo,
Natif, à ce qu'on dit, de ce prochain village
Qu'on nomme Almadobar, & i'ay pris mes degrez
Dans Ossone aussi-bien qu'Antonio Perez.

SANCHE.

Donc Docteur que chez soy l'on nomme Pedro Rajo,
Natif, à ce qu'on dit, de ce prochain village,
Qu'on nomme Almadobar, & qui prit ses degrez
A Ossone, aussi bien qu'Antonio Perez.
Sortez de ma presence, & faites vostre comte,
Que s'il faut qu'à la fin la rage me surmonte,
Ie vous rompray la teste auec les mesmes plats,
Dont vous auez formé ce fantasque repas.
Vostre Philosophie est vn peu trop subtile,
Qu'on me donne à manger, ou qu'on reprenne l'Isle:
Vn mestier ne vaut rien s'il ne donne du pain,
Quoy! ie suis Gouuerneur & ie mourrois de faim.

LE DOCTEVR.

Mais Seigneur,

SANCHE.

C'est assez Monsieur de Pedro Rajo,
Retirez-vous d'icy sans parler dauantage,
Allez faire le sot auecque vos pareils,
Allez loing de ma Cour debiter vos conseils.
Allez.

LE DOCTEVR.

Ie m'en vay donc.

SANCHE.

Allez vous-en au diable,
Mais que veulent ces gens? que ie ſuis miſerable,
Ne pourray ie jamais manger vn ſeul morceau?

SCENE III.

VN COVRRIER DV DVC. SANCHE.
LE M. D'HOSTEL.

LE M. D'HOSTEL.

C'Eſt vn Courrier du Duc.

SANCHE.

Que dis-tu de nouueau?

LE COVRRIER.

Cét eſcrit vous dira ce que ie ne puis dire,
Liſez-le promptement.

SANCHE.

Mais ie ne ſçay pas lire,

LE M. D'HOSTEL.

Baillez-le moy Seigneur, ie le liray fort bien,
L'affaire eſt d'importance où ie n'y cognoy rien.

Lettre du Duc à Sanche.

Ie viens de receuoir, Seigneur Don Sanche Pance,
Vn aduis d'importance;

L'affaire vous regarde à mesme poinct que moy,
Deux ou trois enchanteurs ennemis de nostre Isle,
Et faschez de vous voir honnoré comme vn Roy,
Doiuent aller de nuict assaillir vostre ville.
Ils menent auec eux deux cens mille soldats,
Mais craignans vostre bras,
On dit qu'ils ont dessein de vous oster la vie,
Auant que d attaquer ceux que vous conduisez.
Et pour executer cette cruelle enuie,
Ils vous ont enuoyé quatre hommes desguisez.
Prenez donc garde à vous, soyez en défiance,
C'est vn coup de prudence,
De ne rien negliger quand on est aduerty,
Ne mangez rien du tout de ce que l'on vous donne,
Vous ne sçauriez iamais prendre vn meilleur party:
Car tout le monde craint qu'on ne vous empoisonne.

SANCHE.

Si i'eusse sceu cela, ny moy, ny le grison,
N'eussions iamais sorty de ma pauure maison:
Mais puis que c'en est fait, il faut prendre courage.

LE MAISTRE D'HOSTEL.

Osterons-nous cecy?

SANCHE.

Ie meurs de faim, j'enrage.

LE M. D'HOSTEL.

Voulez-vous hazarder d'en estre empoisonné?

SANCHE.

Qu'vn homme est mal-heureux lors qu'il est couroñé!

LE M. D'HOSTEL.

Monsieur ie vous promets que pour ce qui regarde,
Ce que vous mangerez, j'y feray prendre garde,
Tantost certainement vous en serez contant.

LE COVRRIER.

Monsieur m'a commandé de partir à l'instant.

SANCHE.

Ie vay vous dépescher. Ah destin lamentable!
Faut-il qu'auecque faim ie sorte de la table?
Perdrix, lapin, beccasse. Helas! se peut-il bien,
Que Sanche vous regarde & qu'il ne mange rien?

LE M. D'HOSTEL.

Monseigneur, le Conseil vous attend à la salle.

SANCHE.

Est-il quelque Fortune à ma Fortune esgale?
Ie crains les Conseillers que ie vay consulter,
Ie crains le diable en fin qui vous puisse emporter.

Fin du quatriesme Acte.

ACTE V.

SCENE I.

LE DVC. LA DVCHESSE. LE DOCTEVR, ou, MEDECIN. LE M. D'HOSTEL. BAZILE. MANDOSSE. PERALTE.

LE DVC.

Tandis que Dom Quichot dessous la cheminée,
Oubien peut estre au lit rêve à sa dulcinée
Dedans nostre maison où nons l'auons laissé,
Il est temps d'acheuer l'ouurage commencé.

LA DVCHESSE

I'attens bien du plaisir de la peur du bon Sanche;

LE DVC.

Ie croy que mon aduis l'a fait bransler au manche,
Qu'il en craint le succez, & que dans ce moment,
Il est bien empesché de son Gouuernement.
Allez donc vous masquer:

LA DVCHESSE.

Mais de crainte qu'il meure,
Seigneur, il faut au moins se montrer tout à l'heure;
Et deffendre à nos gens de luy faire du mal,
Ce passe-temps ainsi n'aura rien de fatal.

LE DVC.

C'estoit bien mon dessein. Que chacun s'y dispose;
Cependant, vous Docteur, allez voir s'il repose.

On tire vne toile, & Sanche paroist sur vn lict.

SCENE II.

SANCHE.

D'Où vient que le sommeil refuse
De me donner quelque repos,
Et que comme vne cornemuse,
Mon ventre chante à tout propos?
Si la Grandeur que ie possede,
M'assujettit à ce mal-heur;
Va Fortune ie te la cedde,
I'ayme mieux estre Laboureur,
Que de souffrir vne douleur
Où ie ne voy point de remede.
Mais dans la peur qui me transporte,
Pourrois-je reposer aussi?
Si le vent fait trembler la porte,
D'abord ie deuiens tout transi.
Ie voy ces Enchanteurs infames,
Qui doiuent me donner la mort,

Entrer pleins de fers & de flammes,
Pour faire cét injuste effort.
Ah ! que dom Quichot auroit tort,
D'espargner ces meschantes ames.
La faim d'autre costé me presse,
Et ie ne puis la soulager,
Que c'est vne importune hostesse,
Lors que l'on n'a rien à manger.
Cessez escuyers miserables
De vouloir estre Gouuerneurs,
Faites des vœux plus raisonnables,
Et laissant là tous les honneurs
Que reçoiuent ces grands Seigneurs;
Voyez comme on disne à leurs tables.
Que me sert ce lit magnifique,
Si ie n'y puis pas sommeiller,
Au lieu que dans ma couche antique
Ie ne pouuois pas me sueiller.
Si dans le plus fort de mes aises
La peur y fait ce qu'en dix ans,
Ny les puces, ny les punaises,
Dont les baisers sont si picquans,
N'ont fait dans ma cabane aux champs,
Quoy qu'elles y soient bien mauuaises.
Ah miserable Sanche Pance !
Quand auras-tu tant de bon-heur,

Que de perdre ta recompence,
Et de n'estre plus Gouuerneur:
Mais i'entens du bruit à la ruë,
Helas! où puis-je recourir?

SCENE III.

BAZILE, Gentil-homme du Duc.

A *Moy mes amis, tuë, tuë.*

SANCHE.

Ah mal-heureux! il faut mourir.

BASILE.

Seigneur venez nous secourir,
çà, çà, que chacun s'esuertuë,
Arme. L'Isle est surprise, & l'ennemy dedans:
Monsieur le Gouuerneur ne perdons point de temps.
Armez vous, armez vous.

SANCHE.

Que veut-on que ie fasse?

BASILE.

Monsieur le Gouuerneur prenez cette cuirasse,
Coiffez vous cét armet que Vulcan fit pour vous.
Monseigneur, dépeschons, nos amis sont aux coups.

SANCHE.

Mais que pourray-je faire auec cét équipage?

BAZILE.

Animer vos ſoldats, & leur donner courage,
Par voſtre bon exemple, & par vos bons diſcours.

SCENE IV.

MANDOSSE, autre Gentil-homme du Duc.

ARme, arme, mes amis, au ſecours, au ſecours,
Tout eſt perdu, Seigneur: empoignez cette lance,
L'ennemy nous attaque auecque violance.

SANCHE.

Laiſſez-moy, mes amis, ie ne ſçaurois marcher,
Et tout cét embarras ne fait que m'empeſcher.
Sanche ne naſquit pas pour deffendre des Iſles,
I'employrois pour cela des efforts inutiles.
Il nous faudroit icy le Seigneur dom Quichot,
Qui nous deliureroit ſans y manquer d'vn mot.
Mais pour moy, mal-heureux, ie ne le ſçauroy faire.

MANDOSSE.

Quoy vous mãquez de cœur? Ah Dieu quelle miſere!
Où ſommes nous tombez, Monſieur le Gouuerneur?
Allons, allons ſauuer voſtre Iſle & voſtre honneur.

SCENE V.

CAMPVSSANE. SANCHE. MANDOSSE, &c.

Arme, des-ia le ſang ruiſſelle dans les ruës,
On voit des-ia courir les femmes toutes nuës,
Et les cheueux eſpars, qui vous viennent trouuer
Pour auoir du ſecours & pour ſe conſeruer.
Monſieur le Gouuerneur embraßez leur deffence,
Ne leur refuſez point vne prompte aßiſtance,
La halebarde encor ne vous ſiera pas mal:
Mais partons promptement, c'eſt là le principal.

SANCHE.

Que l'on me porte donc: Car il m'eſt impoßible
De bouger ſeulement.

CAMPVSSANE.

Ah malheur indicible!
L'ennemy vient des-ia nous inueſtir icy.
Aux armes Citoyens, aux armes le voicy,
La breche du Chaſteau leur en permet l'entrée,
S'ils le gaignent enfin ils gaignent la contrée.
Portez des matelas, faßines & tonneaux,
Qu'à leur faueur chacun s'eſcrime des couteaux.
Sauuons l'honneur de l'Iſle, & noſtre propre gloire,
Monſieur le Gouuerneur courons à la victoire.

SANCHE.

Meßieurs, allez sans moy trauailler à cela.

CAMPVSSANE.

Mais quoy le bruit augmẽte? Aux armes; Qui-va là?

SANCHE.

Ie suis mort. Allez donc repousser ces attaques.

CAMPVSSANE.

A moy mes compagnons. On jette icy des caques
Pleines de feu gregeois pour nous brusler tous vifs.

SANCHE.

Mes amis rendons nous.

CAMPVSSANE.

Vous faites les retifs,
Quelle honte Soldats? A la breche, à la breche,
Aux armes, à la mort, çà, çà, qu'on se despesche,
Tuë tu, allons donc Monsieur le Gouuerneur;
Qu'est cecy vous tombez?

SANCHE.

Helas ie meurs de peur.

CAMPVSSANE.

Aux armes, au chasteau, laissons-là son Altesse,
Il suffit que son nom fera fendre la presse.
Crions tous, Viue Sanche, & faisons vn effort,
Pour trouuer aujourd'huy la victoire ou la mort.

SCENE VI.

SANCHE seul.

ET bien te voilà grãd, mal-heureux Sanche Pance,
De ton ambition, voilà la recompense,
Le sort capricieux, comme dit dom Quichot,
Te fait voir aujourd'huy qu'vn pauure n'est qu'vn [sot,
Si la Fourmis s'esleue auec de foibles aisles,
Pour esgaller son vol à ceux des Arondelles,
Et qu'vn Moyneau la mãge, ou quelque Sansonnet,
A son dan, que chacun dorme sous son bonnet,
Malheureux que ie suis, si dedans mon village
I'eusse continué le soin du labourage,
Sans me broüiller l'esprit dans ce Gouuernement,
Ie ne souffrirois pas cét extresme tourment.
Et si ie suis foulé par plus de cent gend'armes,
Si ie suis accablé sous le poids de ces armes,
Si le diable m'emporte, ou que ie meure enfin,
Cela me sied fort bien, pourquoy faire le fin?
Pourquoy m'aller frotter aux charges d'importance,
Moy qui n'ay pas vn double, & qui suis Sãche Pãce;
Maudite ambition que tu me fais de tort:
Mais i'entens quelque bruit? Ah feignõs d'estre mort,
Peut estre pourrons-nous nous sauuer de la sorte.

SCENE VII.

CARIZALE. PERALTE.

CARIZALE.

PRenons le Gouuerneur c'est ce qui nous importe,
A moy mes compagnons, forçons tout, ça soldats
Que rien deuant nos yeux n'esuite le trespas.

PERALTE.

Il est mort. Ah poltron!

CARISALE.

N'encourons point le blasme
D'auoir frappé vn corps despoüillé de son ame?

PERALTE.

Ie voudrois seulement esprouuer si les corps
Peuuent saigner des coups qu'on leur dõne estãt morts,
Par diuertissement souffrez que ie le fasse.

CARIZALE.

Espargnez celui-cy, faites moy cette grace.

PERALTE.

Peut-estre il n'est pas mort.

CARIZALE.

N'en doutez nullement.

PERALTE

PERALTE.

Ie m'en vay luy couper le nez tant ſeulement.

CARISALE.

Ah ne le faites pas ! Monſieur, à la pareille.

PERALTE.

Ce ſera donc aſſez d'en auoir vne oreille:
Mais tout reſolument ie ne puis m'en paſſer.

On fait du bruit.

CARISALE.

Le Duc & tous les ſiens viennent pour nous chaſſer.
I'entens du bruit ; Fuyons.

SCENE VIII.

LE DVC, & ſa ſuitte demaſquée. SANCHE.

LE DVC.

Aux armes, tuë, tuë.
A moy tous mes ſoldats, courez vers cette ruë.
Tuë, tuë, à la mort, aux armes, c'en eſt fait,
La ville eſt ſecouruë, & l'Ennemy défait.
Sanche venez cueillir les fruits de la victoire,
Vous euſtes part au trouble, ayez part à la gloire.

Le Medecin, & les autres ſe retirent.

SANCHE.

Ah Seigneur ! Eſt-ce vous?

LE DVC.

Ie viens vous ſecourir.

SANCHE.

Où ſont les ennemis?

LE DVC.

Ie les ay faits mourir.
Auec l'aide pourtant de ce bras inuincible,
A qui rien ne reſiſte, à qui tout eſt poßible.
Ah! vaillant Gouuerneur entre les plus vaillans,
Rampart des aſſaillis, & fleau des aſſaillans,
Qu'à jamais voſtre nom ſoit fameux dans l'hiſtoire,
Que touſiours vos exploits viuent dans la memoire,
Et qu'enfin pantelant ſous vn fais de buiſſons,
Vous puißiez quelque jour reuenir des moiſſons.
Suiuez, ſuiuez touſiours cette ardeur magnanime,
Qui fait que voſtre vie eſtablit voſtre eſtime.
Et joüiſſez mille ans de ce Gouuernement,
Sauué par voſtre bras ſi valeureuſement.

SANCHE.

Monſieur, ie ſçay fort bien, quoy quel'on puiſſe dire,
Que ce n'eſt pas mon bras qui ſauue cét Empire,
Qu'on m'a voulu tuër, mais que pour tout cela
Ie n'ay pas ſeulement oſé bouger de là.
Se battre eſt vn meſtier que ie ne ſçay pas faire,
Et l'on m'accuſe à tort ſi l'on dit le contraire.

Außi doresnauant de crainte d'auoir pis,
Ie m'en vay me remettre à garder les brebis;
Ou bien à labourer mes miserables terres,
Laissant à qui voudra les combats & les guerres,
Dont l'exercice est beau, mais vn peu dangereux.

LA DVCHESSE.

C'est le propre d'vn cœur purement genereux,
De refuir la loüange, encor que legitime,
Et vostre modestie accroistra vostre estime,
Vous vous estes pourtant vn peu trop abaissé.
Mais monsieur, à propos, n'estes vous point blessé?
Desarmez-le. Voyons.

SANCHE.

I'ay conserué ma vie,
Non pas par ma valeur, mais par mon industrie:
Mais pourtant tant de gens ont marché sur ma peau,
Que ie ne pense pas viure l'âge d'vn veau.
Ah grandeur importune! Ah charge trop pesante!

SCENE IX.

LE DOCTEVR. SANCHE. LE DVC, &c.

LE DOCTEVR.

AVx armes. Ah Seigneur ! une troupe insolente
De nouueaux ennemis reuient faire vn effort !

SANCHE.

Il faut pour me sauuer feindre encor d'estre mort.

LE DOCTEVR.

Tuë, aux armes soldats.

LE DVC.

Mes Citoyens aux armes,
Courons pour repousser ces nouuelles alarmes.
A moy mes Citoyens, sauuons nous du trépas.
Monsieur le Gouuerneur.

SANCHE.

Ie ne vous entens pas,
Ie suis mort ; laissez-moy.

LE DVC.

Tuë, aux armes, aux armes.
Docteur allez deuant animer nos gens d'armes,
Chassez les ennemis, ou faites les mourir: Le Docteur s'en va.
Monsieur le Gouuerneur, venez nous secourir.

Quelle honte est-ce cy? quoy! ce valeureux Sanche,
Qui s'acquist tant de gloire au terroir de la Manche,
Fait donc si peu d'estat de l'honneur aujourd'huy,
Qu'il abandonne ceux qui combattent pour luy.
Monsieur le Gouuerneur, leuez-vous ie vous prie.

SANCHE.

Plutost imitez-moy pour sauuer vostre vie,
Ie ne vous responds plus si quelqu'vn m'entendoit,
Ce seroit fait de moy, cela se touche au doigt.

SCENE X.

LE DOCTEVR. LE MEDECIN. LE M. D'HOSTEL. SANCHE. LE DVC. LA DVCHESSE.

LE DOCTEVR.

SEigneur tout est en paix, l'ennemy se retire;

SANCHE.

Mais est-ce tout de bon?

LE DOCTEVR.

Voudrois-je vous le dire,

LE DVC.

Viue le Gouuerneur.

BASILE.

Viue ce grand Herôs,
Qui redonne au pays la paix & le repos.

CAMPVSSANE.

Qu'on celebre par tout sa valeur infinie.

MANDOSSE.

Que tousiours les jambons soient en sa compagnie.

LE DOCTEVR.

Qu'il mange tout son soul, malgré les Medecins,
Et du grand Scaliger les colibets Latins.

SANCHE.

Puis que les ennemis sont desjà loing de l'Isle,
Seigneur permettez moy de sortir de la ville,
Et d'aller retrouuer monseigneur Dom Quichot;
I'ay fort bien reconneu, quoy que ie sois vn sot,
Que ce Gouuernement me coûteroit la vie,
Si de l'auoir long-temps ie conseruois l'enuie.
Ce n'est pas pour regner que ma mere me fist,
Et ce n'est pas aussi pour celà qu'on m'aprist
A garder les moutons, & labourer la terre.
I'ayme trop le repos pour rien faire à la guerre;
Seigneur permettez-moy de partir à l'instant.

LA DVCHESSE.

Monsieur le Gouuerneur est doncques mécontant;
Venez-çà, Citoyens, d'où procede sa plainte?

SANCHE.

Madame, elle procede & de faim & de crainte.

LA DVCHESSE.

Qu'il desjeune à l'instant.

SANCHE.

Qu'est-ce qu'il nous fait voir?
A-t'on jamais parlé de desieuner le soir?
Plutost permettez-moy de partir tout à l'heure,

LE DOCTEVR.

Nous quitter, Mõseigneur? Ah plutost que ie meure!
Monsieur le Gouuerneur ayez pitié de nous,
Tous vos pauures subiects embrassent vos genous,
Pour tascher de changer vn dessein si funeste.

SANCHE.

Vous estes, Medecin, plus meschant que la peste,
Mais ie ne dy rien plus. Monsieur, au nom de Dieu,
Permettez qu'à l'instant ie sorte de ce lieu.

LE DVC.

Si c'est vostre plaisir, il vous faut satisfaire.

LE DOCTEVR.

Ah Seigneur!

BAZILE.

Ah Seigneur!

LE DVC.

C'est vn mal necessaire,
Le grand Sanche en vn mot ne veut plus estre Roy,
Et refuit d'estre à nous pour pouuoir estre à soy.
Ie ne l'accuse point de commettre vne faute,
Mais ie pleure auec vous le malheur qui nous l'oste.

SANCHE.

Seigneur, quand vous deuriez à force de pleurer,
Perdre mesme les yeux, ie ne puis demeurer.
Ie donne au diable l'Isle, & tous les Insulaires,
Docteurs, Maistre d'hostel, Medecins, Secretaires;
Paysans, Egyptiennes, & Marchans, & Filous,
Et tout le monde enfin, hors moy, Madame, & vous.
Helas! depuis vn iour que ie tiens cette charge,
Ou mon corps est plus mince, ou mon pourpoint plus [large.
Au lieu que ie croyois y grossir à tel poinct,
Qu'il falut à toute heure eslargir mon pourpoinct.
Reprenez dōc cette Isle, ou donnez-là à quelque au-
Seigneur, ie m'en descharge. [tre.

LE DVC.

Ah Sanche! l'Isle est vostre;
C'est à vous d'y pouruoir d'vn nouueau Gouuerneur,
Vous deuez le choisir.

SANCHE.

S'il est ainsi, Seigneur,
Sous vostre bon plaisir, ie nomme Pedro Rage,
Ce Medecin qui sçait comme on vit de mesnage:
Mais à condition qu'en son plus grand besoin,
Il ne pourra manger que deux tranches de coin,
Quatre cornets d'oublie, & deux verres d'eau claire,
Ce sera son disner, leger, mais salutaire.

Sei-

LE MEDECIN.

Seigneur, ie n'en veux point.

SANCHE.

Pourtant si i'en suis crû,
Vous serez Gouuerneur, ou vous serez pendu.

LE DVC.

Pensez-y, Medecin, & craignez cette foudre,
Ie vous donne trois iours afin de vous resoudre,
Pour nostre Gouuerneur qu'il suiue son desir,
Il est tout à fait libre.

SANCHE.

Ah que i'ay de plaisir!
Allons Seigneur, allons retrouuer Dom Quichote,

LE MEDECIN.

Va donc, grand Gouuerneur, reprendre la marote,
Va souffrir tous les maux que souffrēt dās mille ans
Tous les plus malheureux des Escuyers errants.
Va miserable, va, courir encor l'Espagne,
Que tousiours ton Grison bronche en pleine cāpagne,
Que tous les Medecins te traittent comme moy,
Que le ieusne jamais ne se rompe chez toy.
Que tu boiues de l'eau, que dans chaque tauerne,
Par diuertissement tous les jours on te berne.
Et quand de te berner le monde sera sou,
Que le grison s'abatte, & te rompe le cou.

SANCHE.

Ie ne respondray point à vos impertinences,
Ie sçay depuis long temps endurer les offences.
Monsieur le Medecin, je diray seulement,
Que vostre plainte icy n'a point de fondement.
I'abandonne vn mestier dont ie suis incapable,
Et de qui la grandeur me rendroit miserable,
Où ie mourois de faim, où ie mourois de peur,
Où i'attendois encor quelque plus grand malheur,
Pour monstrer à plusieurs que souuent la Fortune,
Qu'apres l'auoir trouuée, elle nous importune,
Et qu'il est asseuré que le souuerain bien
Consiste seulement à ne desirer rien.
Vous peuple ambitieux de qui l'extrauagance
Se porte à souhaitter la supresme puissance,
Qui dittes tous les iours, ie voudrois estre Roy:
Regardez mon Estat, prenez exemple à moy.
I'estois simple berger, heureux dans mon mesnage,
Mais quoy que i'eusse asseZ, ie voulus dauantage,
Le diable qui nous pousse au desir d'estre grands,
Me mit dans le chemin des Escuyers errants.
Là ie veux m'enrichir, & faire bonne chere:
Mais au lieu d'y trouuer dequoy me satisfaire,
Ie ne fus pas plutost à ce degré d'honneur,
Que ie le mesprisay pour estre Gouuerneur.

Icy j'imaginois des festins magnifiques,
Qui de cent rotisseurs vuideroient les boutiques:
Mais ce faux Medecin, ce Pedant, ce mocqueur,
Auec des colibets m'y fait disner par cœur.
Enfin Sanche est reduit à voir auec enuie
Les rustiques douceurs de sa premiere vie,
Et quittant des subjets qui luy font des affronts,
Ce Berger Gouuerneur retourne à ses moutons.

Fin dn cinquiesme & dernier Acte.

Extraict du Priuilege.

PAR grace & Priuilege du Roy, donné à Paris le 3. iour de May 1641. signé, par le Roy en son Conseil, LE BRVN. Il est permis à Anthoine de Sommauille, Marchand Libraire à Paris, d'imprimer, ou faire imprimer, vendre & distribuer vne piece de Theatre intitulée, *Le Gouuernement de Dom Sanche*, & ce durant le temps de sept ans, à compter du iour que ladite piece sera acheuée d'imprimer. Et deffenses sont faites à tous Imprimeurs & Libraires d'en imprimer, vendre ny distribuer d'autre impression que de celle qu'aura fait faire ledit Sommauille, ou ses ayans cause, sur peine aux contreuenans de mil liures d'amende, confiscation des exemplaires, & de tous les despens, dommages, & interests, ainsi qu'il est plus au long porté par lesdites lettres, qui sont en vertu du present Extrait tenuës pour deuëment signifiées.

ET ledit Sommauille a associé auec luy audit priuilege Augustin Courbé, Marchand Libraire à Paris, suiuant l'accord fait entr'eux.

Acheué d'imprimer le 13. Septembre 1642.

Les exemplaires ont esté fournis.

www.ingramcontent.com/pod-product-compliance
Lightning Source LLC
Chambersburg PA
CBHW051929280626
47162CB00025B/2232

9782011332653